Für Mogr…

13.04.23

Signiert
Buchmesse 2016

Ein später Gruß!

Reinhardt O. Hahn

Das erste Glas

Madeleine Heublein

Totentanz

Kopf, 1995, Monotypie, 100 x 80

Das Unglück dieser Welt kommt von dem tatsächlichen Leben, das die Menschen nicht ertragen wollen. Alle suchen sie das Glück in einem eingebildeten Leben, das mit dem tatsächlichen Leben wenig zu tun hat.

Mein Atem brennt

Über den Efeu gleitet mein Blick und fällt auf das geöffnete Gittertor. Es lädt mich ein. Peters Ende will ich sehen. Sonst glaube ich es nicht. Ich betrete den Südfriedhof. Jeden meiner Schritte muss ich einzeln vorantreiben. Die gefüllten Taschen meines Mantels ziehen den gelben Stoff in Falten. Das gibt mir Hoffnung. Wieder wird mir übel. Die ausgebeulten Manteltaschen, wie sie mich nach unten ziehen. Das stört mich nicht so sehr. Der frühe Vormittag stört mich auch nicht, aber – ich brauche eine Auskunft. Mein Weg wäre umsonst. Vorhin hab ich mir fest versprochen: Michael, du hältst das aus, Michael, geh zu ihm! – Also muss ich gehen, und meine Übelkeit, die muss ich unterdrücken. Ich werde es schaffen. Die dort müssen wissen, was mit ihm war – und wo er liegt. Trocken ist meine Haut – wie Folie. Ich bin ein schlaffer Sack, in dem es kondensiert. Schnaufend atme ich ein und aus.

Ich komme vorwärts. Meine Beine gehen nicht, ich schiebe sie voran. Schritt für Schritt.

Der breite Weg, der müsste zur Verwaltung führen. Hier, das muss sie sein. Das Gebäude ist neu verputzt, der Eingang ist frisch gemalert. Ekelhaft das saubere Weiß, es stößt mich ab.

Mit dem linken Ellenbogen drücke ich die Tür im Portal auf. Ein düsterer Gang will mich verschlucken. Mein Herz rast. Den Blumenstrauß trage ich wie einen schlagbereiten Stock in der rechten Hand. Die Knospen verdecken meinen Hals, und den Mantelkragen halte ich oben zu. Diese Tür wird es sein.

Gestern sagte die Kern zu mir, Peter Brauer wäre verunglückt. Sie sagte es so verhalten, sie druckste so herum, und ich wusste sofort, was los ist.

Die Tür ist mit einer sich neigenden Eins beschriftet. Ich muss hinein. Hier kann ich jemanden fragen. Ich drücke mit dem Ellenbogen die Klinke herunter. Die Tür springt auf. Ich kann mich nicht mehr in den dunklen Gang zurückschieben.

»Tag, ich will Herrn Peter Brauer aufsuchen.«

»Guten Tag, kommen Sie herein. Wann ist er geboren – und wann ist er verstorben?«

»Ich weiß es nicht genau. Es passierte vor wenigen Tagen mit ihm.«

Sie blättert in alten Karteikästen. Die Blumen zittern in meiner Hand. Ihre Finger gleiten virtuos über kleine Kärtchen. Sie sucht eifrig, so, als hätte sie mich schon längst erwartet. Sie hat ihn – sie holt seine Karte heraus.

»Hier, ich habe ihn: Herr Brauer wurde heute beigesetzt. Das schaffen Sie nicht mehr!«

»Ja, natürlich schaffe ich es nicht mehr. Trotzdem, ich werde mich beeilen. Wo …?«

Ich gehe einen kleinen Schritt nach vorn. Die Knospen meiner Rosen nicken ihr zu. Ich warte. Die Frau versteht mich und liest:

»Abteilung D, Reihe 82, die Nummer 18 hat er.«

»Von der Verwaltung aus wo?»

»Fast 200 Meter geradeaus und dann um die Kapelle herum, falls Sie die gesehen haben – und dann«, sie schlägt ein Kreuz, »rechts entlang!«

Mir schwirrt alles im Kopf. Sie begreift das. Ich sehe nochmals ihre Hand, ihr weißer Zeigefinger schlägt ein Kreuz, D wie Dame, weist auf die Reihe 82 des Lageplanes an der Wand und spießt sie auf, die Nummer 18.

Ich schiebe mich rückwärts aus dem Türrahmen. Zum Abschied wippe ich mit dem Blumenstrauß zum Gruß. Sie hat es verdient. Ihre Augen waren froh, als sie in den Karteikästen meinen Freund Peter fand.

Ich schiebe mich durch die Portaltür und trete in die Sonne. Wie mein Herz puckert. Mich umschließt eine klammernde

Hand. Sie trägt mich sehr zielstrebig und nachdrücklich aus dem Verwaltungsbau hinaus. Diese fremde Hand trage ich in meinen Manteltaschen.

Ich schlüpfe mit dem Zeigefinger zwischen die Knopfleiste und kratze meine Haut, die das Getöse in mir zusammenhält und unter dem Mantel fröstelt. Den Blumenstrauß trage ich im Gegentakt zu meinen schleppenden Schritten, damit er den säuerlich riechenden Fleck auf dem Mantel verdeckt. Im Hals würgt und schmerzt mich mein Atem.

Kein Mensch ist zu sehen. Vor mir öffnet sich, flankiert von Edeltannen, die breite Allee, die zur Kapelle führt.

Die Angst teilt sich in mir. In meinem Bauch saugt ein heißes Schmerzgefühl Schleim und Feuchte auf. Der gemeine Strom aus Angst steigt an der Wirbelsäule hoch und überhitzt das Atemgefühl, bis es siedend heiß gegen meinen Brustkorb drückt. In mir schreit es wütend:

Scheiß-Pietät! Ich knicke über einem Papierkorb zusammen. Die Blumen fallen aus meiner Hand. Ich ziehe und drehe mit zittriger Behutsamkeit eine Flasche aus der Tasche. Mit den Zähnen beiße und schnappe ich den Verschluss ab. Es knirscht im Mund. Was für ein Geräusch.

Mit beiden Händen setze ich die Flasche an. Ich würge und schlucke. Der Schnaps bleibt drin. Er muss ja drinbleiben – sonst wäre ich krank!

Bald wird es da sein: Es ist ein sicheres, ein gutes Gefühl. Ein kräftiger Hieb vom Korn braucht nur acht bis zehn Minuten, um mich zu entspannen – je nach Kondition. Jetzt muss ich noch warten. Immer bin ich am Ende, halte ich den ersten Schluck in der Hand. Immer bin ich am Beginn, ist der erste Schluck in mir. Der Schnaps frisst die Trockenheit so nach und nach in mir auf, er durchströmt mich und füllt mich endlich völlig aus. Ich schlürfe noch einen Schluck und schiebe die Flasche in die Manteltasche. Sie klirrt hell gegen dumpf. Ich atme freier. Eine lange, weiße Zigarette werde ich rauchen. Heute früh habe ich gut verkauft. Ich habe Bücher ins Antiquariat gebracht. Nicht alle haben sie genommen, doch die Menge hat es gemacht. Dreimal bin ich gegangen.

Was soll ich machen? – Seit gestern oder vorgestern, ach was, seit einer Woche nimmt es zu. Es kam wie ein Schlag. Es würde immer so kommen – Quartalstrinker, sagte der Alkoholdoktor damals. Die reden alle bloß. Alkoholkrank, medikamentenabhängig, süchtig – Säufer, so ein Quatsch!

Der Schnaps wirkt. Überdeutlich spüre ich den Angstkitzel, der unterhalb meiner Schulterblätter verharrt. Ich kann mir eine Zigarette anzünden.

Eine gute Stunde habe ich mit der Frau Kern in der Beratungsstelle hin und her geredet. Ich würde sogar regelmäßig das Gruppengespräch suchen, sagte ich zu ihr. Sie glaubte mir nicht, und der Doktor gab mir nur die Pillen. Ich habe mein Bestes für das Gespräch getan.

Eigentlich bin ich ein todkranker Mann – ist das nicht ein echter Grund zum Saufen? Sag, Peter Brauer, sag du was dazu …, du, ich hebe die Blumen auf und komme zu dir. Meine Schritte treibe ich an. Plötzlich gehe ich federnd, ja, ich schreite raumgreifend voran.

Ich höre leise Orgelklang. Es geht wirklich zeitig mit der Beerdigerei los. Morgenstund, lieber Gott, hat Erdklump im Mund. Es wird elf Uhr sein. Ich gehe durch schattige Seitenwege. Die Sonne strahlt fleckig zwischen Baumgrün. So ist es besser. Ich nähere mich getarnt. Das Orgelspiel hebt an. Es leitet sicher das Ende einer Bestattung ein. Finale. Schluss. Aus. Großes Aus. Aus mit mir? Nein – aus mit ihm! Vielleicht sind es doch die Brauers? Sie werden es nicht sein. Bestimmt haben die ihrs schon lange weg mit ihrem Sohn.

Sehr still wird es, und jemand öffnet von innen die Flügeltür. Ich gehe auf einen Engel aus Sandstein zu, der einen gemeißelten Zug von Überheblichkeit im Gesicht trägt. Er heißt bestimmt Michael und trägt unter seinem Gewand ein Schwert.

Hinter ihm warte ich. Ein Sarg scheint auf schwarz betuchten Schultern die Treppen herabzuschweben. Auf dem Splitt löst sich die Trauerformation auf. Sie wartet zerstreut. Sie wissen weder wohin, noch was sie wollen. Der Sarg schwenkt nach links und weist den weiteren Weg. Wie eckig und unbeholfen die Leute drängeln und schubsen. Die schwarzen Beine der Trauernden verschwinden hinter einer grünen Hecke.

Ich reibe und knipse mit dem Daumen den Dreck unter meinen Fingernägeln hervor. Es sind doch nicht die Brauers. Die werden in einer Kneipe beim Leichenschmaus sitzen.

Geschützt von dem Engel führe ich die Flasche an meine Lippen. Brechreiz stiebt in meine Nase, drückt Fusel nach. Mit halbblinden Blicken suche ich das Gelände nach anderen Trauernden ab.

Vor der Kapelle sammeln sich wieder einige Leute. Zwei Herren stehen etwas abseits von der Gruppe, schlenkern und fuchteln mit den Armen – streiten die sich? Na klar, weil der Mensch, der in eine Urne geschaufelt wurde, neben seinen verbrannten Resten auch noch Geld hinterlassen hat. Die dort stehen, die haben alle nicht geweint, nicht einer!

Wie sie um die Toten schachern. Es geht um Geld, Knete, Kohle. Abzocker, Raffer und Gauner. Man müsste hingehen und sie zur Rede stellen. Man müsste sie zwingen, ihre Verwandten mit Würde in die Erde einzugraben. Sie beschäftigen sich nur mit der Verteilung der Erbschaft.

Fern auf der Allee tippeln Leute heran. Sie tragen Hüte, Kränze, schwarze Regenschirme und bleiche Gesichter. Erbschaftsstress.

Ein magisches Haus, diese Kapelle – und keine Wolken am Himmel. Ein öffentliches Gebäude, das ein behördlich genehmigtes Erlebnis verschafft. Allgemeingültige behördliche

Wahrheiten. Die Lüge amtlich auf die Füße gestellt. Die öffentlichen Gebäude sind alle fragwürdig. Oh, ich hasse die genehmigte Öffentlichkeit. Sie ist die Pest des Herzens und ihr Atem stinkt.

Die Öffentlichkeit fordert von mir Wahrheiten ab, ohne dass ich mich wehren könnte, und diese Wahrheiten zerstückelt ein Amt in Vorgänge. Der behördliche Vorgang Michael Naumann wird auf Papier bewahrt. Wird der Vorgang Naumann aufgerufen, so setzt er ein falsches Bild von mir zusammen. Ein trockenes Bild. Was wissen die schon von mir.

Nur eine öffentliche Toilette ist wahr, denn sie ist eine echte Forderung an mich selbst. Alle können sich trösten, indem sie vor sich weglaufen, nur ich nicht. Ich gehe an den Gräbern entlang und drücke die Flaschen tiefer in die Manteltaschen.

Keiner würde mich begreifen, auch eine Klofrau nicht. Obwohl, diese Frauen sind ehrlich. Ihr Zänkisches und Rechthaberisches ist Oberfläche, denn Ordnung auf dem öffentlichen Klo muss sein. Ich weiß das genau. Als vor ein paar Monaten das große Abklappern ausgerechnet auf dem Bahnhof über mich kam, da stand mir so eine Frau bei. Sie brachte mir Schnaps.

Ich trinke, und doch gehe ich weiter. Noch einen Schluck. In mir dehnen sich die Organe. Die Blumen, die finde ich gut, und schön gerade laufe ich auch. Abteilung D, wie Dame, beginnt mit einem Familiengrab. Ach Gott, hier liegt eine komplette Bäckerei unter Marmor. Das muss man gesehen haben. Ja, alle liegen unten. Die Leute müssen sich sehr gemocht haben oder gab es noch andere Gründe, gemeinsam verwesen zu wollen? Liebe über den Tod hinaus. Auf ewig miteinander vereint. Kollektiv vermodert. Knochen einer Familie, vereinigt euch.

Hier liegt ein kleines Kind unter einem Findling. Mannshoch, ordentlich gemeißelt der Stein. Sie kommen wieder in Mode, die Findlinge.

Ach, Schnaps macht froh. Ich gehe schneller, ich atme kräftiger und ich denke klarer. Wie gut ich funktioniere! Die Reihe, welche Reihe war das? Hier muss es sein. Ein Grab mit frischen Blumen.

Peter, du wurdest tatsächlich heute früh zugeschoben. Wie schnell das geht. Du enttäuschst mich, und ich weiß nicht, warum. Obenauf der Kranz IN LIEBE VON RICARDO UND KATRIN. Den wird deine geschiedene Frau gebracht haben. Im Namen der Kinder, jawohl, richtig – schön! Schwer und endgültig, das riesengroße Calla-Gebinde. Es bedeckt fast die Länge des Grabes. Mit kleinen Schritten befreie ich mich von dem Anblick einer fetten Fliege. Sie kriecht auf einer gelbweißen Blüte. Über bucklige Frischgräber steige ich auf einen schattigen Platz zu, die Bank bebt, als ich mich setze. Eine Zigarette werde ich noch rauchen und dann gehen. Das Anbrennen gelingt nicht – verflucht. Das abgebrochene Holz werfe ich in die Wassertonne. Getroffen! Ich betaste die Flaschen in den Manteltaschen und finde sofort die richtige heraus. Einen langen Schluck schmatze ich in mich hinein. Über mir flirren kleine Birkenblättchen im Sonnenschein. Mit nur einer Hand habe ich die Flasche gehalten. Meine Rosen stören mich. Dort steht eine eingebuddelte Vase. Natürlich klaue ich die. Von der Friedhofskolonne ist niemand zu sehen. Ich tauche die Vase in die Wassertonne. Ein abgebrochenes Streichholz strudelt ihr in den Hals.

Wieder sitze ich gut getarnt und zähle mit ruhiger werdenden Händen die Stiele in die Vase. Auch ich möchte Wasser trinken, mein lieber Freund, doch bin ich leider keine Rose. Fünf Schritte nach vorn und die Blumenvase steht im kleinen Kranz IN LIEBE VON RICARDO UND KATRIN. Sieht gut aus. Wieder zieht es mich zur Bank. Ein feiner Fleck, und niemand wird mich sehen können. Grünzeug und eine glänzende Steintafel, ein weißes Metallgitter und die Wassertonne, alles schützt mich vor aufdringlichen Blicken. Ich bleibe hier. Ich bin allein. Das ist gut.

Ich möchte mit dir reden, Peter, doch du liegst unter der Krümelerde und schweigst. Warum schweigst du? Wir müssten diskutieren im genau geordneten Schachbrettmuster anderer Skelette. Die Damen in Weiß und die Herren in Schwarz. Sehr seriös und übers Suchtproblem. Leider bin ich der Einzige, der sitzen muss und nicht bequem liegen darf, denn ich bin noch in der Welt. Ja, ich brauche einen Schluck. Die Flasche ist leer.

Alkohol, meine Damen und Herren da unten, ist eigentlich ein Gas und nur dazu da, sich im menschlichen Körper zu entspannen. Die Nichttrinker wissen das natürlich nicht.

Ich bin ein bescheidener Mensch, habe ich meinen Schnaps. Das steht nicht fest? Wieso nicht? Moment, Peter, ich sortiere nur die Flaschen. Die eine Nullkommafünfer ist also leer. Bravo. Die schmeiße ich in die Wassertonne. Alle Menschen wollen Spuren hinterlassen, und wenn es nur eine Kontonummer für die Erben ist – ich nicht. Ich würde mich sogar für meinen Leib schämen, stürbe ich so Knall und Fall wie du, mein Freund. Nur gut, dass mein Taufschein mich irgendwann in einer Urne unterbringen wird. Niemand wird mich erkennen. Kein letzter Blick auf den Toten, nein, bei mir nicht. Da liegst du nun, Peter, und du schwebst in Schwarz vor mir. Dein Grab – wie schön und bescheiden sind dagegen die modernen Gemeinschaftsgräber. Die Namen der Menschen sind winzig klein auf Tafeln vermerkt. Kein klotziges Kreuz, das den Toten drückt. Eine Tafel, kleiner als ein Taschentuch, das würde von mir bleiben.

Ich habe kein Taschentuch – Prost. Hier ist eine große Glaskeule – die ist mit eisweißem Korn gefüllt, und noch eine Nullkommafünfer und eine Schachtel, in der vier bunte MiniFlaschen auf mich warten. Ich werde sie aus der Manteltasche herausholen und anschauen. Ja, faszinierend, diese farbigen

Etiketten. Die Bilder, sie sind die schönere Welt. Die Wirk lichkeit ist widerlich.

Du, Peter, warst kein schlechter Kerl, wirklich nicht, aber die Flasche steht mir näher. Sie ist kein Mensch, aber sie hat einen schönen, schlanken Hals. Sie fühlt sich angenehm an und hat Wohlbefinden in sich – meines. Seht mal alle her, der Peter Brauer liegt unter der Krümelerde und hat euch nicht mehr, ihr Schönen mit den schlanken Hälsen. Da kann er sich nur ärgern, der Peter, weil er nicht mehr trinken kann.

Vielleicht ärgert er sich nicht? Er ist abgehauen, und jetzt lacht er mich aus. Peter, das war gemein von dir. Du warst mein Freund, mein einziger Freund. Du hast mich stark gemacht und mir die Hoffnung gegeben, dass es auch ohne Schnaps geht. Nun sitze ich hier, komme nicht mehr klar, und ich bin allein. Du Hund, du erbärmlicher, du feiger Hund, warum lässt du mich allein? Wie ich dich hasse! Du hast mir Mut gemacht, und dabei waren es nur leere Versprechungen. Du Hund, hier hast du die Pulle!

Wie die Flasche sich in der Luft dreht und in der Sonne blitzt. Himmel, sie fällt auf eine Steinplatte! Sie zersplittert! Nein, sie ist heil geblieben!

Meine Angst, wohin ist meine Angst gerutscht? Ich muss die farblose Glaskeule öffnen. Meinen Spiegel muss ich hochtrinken.

Noch einen kleinen Schluck, und dann hole ich die Flasche.

Meinen Spiegel muss ich halten, hörst du, Peter! Und dafür brauche ich guten Eiskorn – tropfenweise Korn, hörst du? Ich trinke weniger und dann fast gar nichts mehr, und dann höre ich wahrhaftig auf. In wenigen Tagen bin ich wieder ein kraftvoller Mann, den die Frauen mögen, und ich habe Erfolge. Dann heirate ich wieder, meine Kinder lieben mich, und ich vergöttere sie und ach, ich bin so rund in mir. Das wird eine Zeit, jede Woche ein gebügeltes Hemd, alle zwei Tage frische Socken und täglich mindestens einmal Sex.

Im Moment fühle ich mich nur gut gefüllt. In mir schwappt der Schnaps bis zum Hals. Im Kehlkopf ist ein besonderes Ventil eingebaut, das sich bei jedem Schlückchen automatisch öffnet und schließt. Darüber schwebt mein aufgeblähter Kopf. In ihm laufen und rasen die Gedanken. Ich bin übervoll, Peter, und weine einige Tränen für dich. Die letzten Tränen weine ich in mich hinein. Ich bin nicht nur über dich traurig.

Du hast keine Schuld, Peter, die anderen haben Schuld – alle. Sieh mal, wehrlos wie die Flaschen stehen sie vor mir im Staub. Ich werde sie alle niedermachen. Nein, mir passiert nichts. Ich habe Medikamente. Hoffentlich reichen sie aus. Ja, ich gebe es zu, ich habe die Kontrolle verloren. Vertrauen, Herr Naumann, ist besser. Ich trinke mich langsam herunter. Jawohl, immer geringer wird mein Verbrauch. Morgen gehe ich ins Stadtbad und werde als sauberer Mensch dem Wasser entsteigen. Mache ich für dich, Peter.

Peter, ich habe dir immer helfen wollen. Doch wie? Bei mir ist die Zeit stehen geblieben. So trüb wie alles, was vor mir ist, so klar ist vieles, was hinter mir liegt – so klar wie dieser Eiskorn. Ich sauge am Flaschenhals, und er antwortet mir mit einer Kette eng aneinandergereihter Perlen. So, wie die Bläschen aufwärts schwingend zum Flaschenboden steigen, so laufen meine Gedanken durch mein Gehirn. Du, Peter, bist nicht mehr fassbar.

Schon damals wolltest du dich umbringen, es hat nur nicht geklappt. Mir wird es jetzt noch flau im Bauch – wie wir da auf dem Felsen standen. Ich wollte springen. Nun liegst du vor mir im Grab. Du hast es geschafft. Ohne Todessprung, ich möchte nur wissen, wie? Dir hilft gar nichts mehr, und mir hilft nur noch der Schnaps. Vielleicht hätte die Gruppe dir helfen können? Obwohl, du warst ein alter Profi. Klinik und so etwas hattest du schon durch. Was soll da eine ambulante Gruppentherapie noch Neues bringen? Mir hat sie ja auch nichts gebracht. Dir und der Gruppe gegenüber habe ich den Optimisten gemimt. Dabei war alles anders.

Wie habe ich mit mir verhandelt, um die Tür zur Suchtberatungsstelle aufzuklinken. Peter, das war schwer.

Ich bin eben kein Alkoholiker. So nicht. Aber mitspielen muss man ja. Das kann nie schaden. Einfach mitmachen, weil alle mitmachen.

Mehrmals lief ich über den Ranneckplatz. Erst dann habe ich mich vor das Haus gewagt. Ich überlas die Schilder BERATUNGSSTELLE – und ein Rechtsanwalt. Der muss vor Kurzem ausgezogen sein. Entweder, weil ihm die Beratungsstelle zu nahe war oder weil er seine Kanzlei vergrößern will.
Als ich gestern bei Frau Kern war, gab es dieses Schild nicht mehr.

Damals war mir der Anwalt als Alibi recht. Die Scheidung saß mir noch in den Knochen. Es war ein Abschied von der normalen Welt, als ich das erste Mal die Tür öffnete. Ich sehe noch, wie draußen in der Sonne der Springbrunnen glitzerte. Ich trat aus der Anonymität unserer Stadt in die öffentliche Beratung. Ich blieb auf jedem Treppenabsatz stehen. So weit war es mit mir also gekommen. Jemand hatte mir gesagt: Alkoholismus ist eine Krankheit. Is doch logisch.

So logisch, dass es mir noch heute in den Ohren klingelt. So ein Idiot. Obwohl, damals war da für mich was dran. Die Ärzte wechseln dort oft. Das ist günstig. Man kommt besser an die Medikamente heran.

Ja, Peter, ich war ratlos, als ich vor der Tür stand. War auch gut so, denn dadurch habe ich dich kennengelernt. Ich drückte den roten Klingelknopf. Das haben wir für unseren Sohn auch so gemacht – ein roter Knopf im Neubaugebiet, damit er die Wohnung seiner Eltern wiederfindet. Von innen schrie es: Psychiatrie, -atrie, -atriii … Ein Patient klinkte die Tür auf, und als ich zwei, drei Schritte vortrat, war ich auch ein Patient. Im

Warteraum lag die Liste aus, und ich entschied mich endgültig. Die laufende Nummer schrieb ich kräftig und zeichnete meinen Namen schwungvoll aufs Papier. Dann setzte ich mich und grinste die Leute an. Sie waren verdächtig still.
Das Plakat: SPORTFEST IM KLINIKUM hängt immer noch dort. Vergilbt wie alles. Ein Mann – so um die Fünfzig – saß mir gegenüber. Nein, er hatte keine Nase mehr und lief mit zwei rosig umrandeten Löchern im Gesicht umher, wie mich das anekelte – und gesundete. Ich war sofort zum Abhauen bereit. Im Eiltempo wollte ich die Treppen runter und ab in die nächste Kneipe. Doch ich war körperlich am Ende, ich lag am Boden. Jedenfalls lieferte ich mich aus, verstehst du! Die rosig umrandeten Löcher im Gesicht gegenüber störten mich sehr. Ich stellte mir an diesem Herrn eine prächtige Höckernase aus fleischfarbener Knetmasse vor – da klingelte es. Jemand öffnete, und du kamst herein, Peter. Wir begannen ein Gespräch und du sagtest, dass du den Doktor Freiberg vom Hörensagen her kennst und dass er sehr gut sein soll. Ja, Peter, das hast du behauptet, und dann rutschte dir die Bemerkung heraus: In der Klinik sagt man, er würde die Alkoholiker lieben. Wie hoffnungsvoll das gegen die dumpfe Verzweiflung in mir klang. Ich verfluchte die Firma, für die ich keine Ausrede mehr hatte. Wer liebt – der gibt! Gemeinsam warteten wir. Eine Frau kam aus der Tür. Sie war sehr zierlich und trug eine trapezförmige Tasche unter den Arm geklemmt. Ihre Augen glänzten wie Pech. Ich hätte am liebsten mit dir ohne einen Arzt gesprochen. Die fehlende Nase stand auf und passierte, von einem ausgestreckten Arm geleitet, die bewusste Tür. Ein Pappschild schwankte, als sie geschlossen wurde. Ja, der soziale Dienst sorgt auch für Nasen. Das Nadelöhr der Schneeweißmanufaktur – ein Begriff von dir, Peter, in dem die Suizidplaner behandelt werden. Warum bist du nicht hineingegangen, vielleicht wärst du dann hier nicht unter mir gelandet.

Damals war ich die »Sieben« und du die »Acht«, Peter.

Wie vertraut Frau Kern einen am Oberarm fassen kann. Im großen Gesprächszimmer stehen deckenhohe Stahlschränke. Davor lauert ein Personal-Computer. Wir sind datei- und karteimäßig erfasst. Deine Akte, Peter, wird in diesen Tagen wandern.

Ich würde frieren, würde ich nichts über mich sagen können. Als mich Frau Kern dem Doktor Freiberg vorstellte, war das meine erste Bekanntschaft mit einem Manne der Psychiatrie. Ich suchte nach einer Macke, fand äußerlich nichts und begann nach Irrsinn in seinem Blick zu suchen, da war aber auch nichts.

Da hätte ich lange suchen können. Der Mann ist klar wie eine Flasche Korn im Sonnenlicht. Zum Wohl, Herr Doktor Freiberg!

Ich sollte ihm natürlich alles erzählen. Warum ich zu ihm gekommen wäre und wer ich sei. So einfach begann es. Er gab mir seine schmalgliedrige, schöne Hand. Ich bildete mir darauf gleich etwas ein. Doktor Freibergs Finger sind unheimlich lang. Wie es um mein Trinkverhalten stehe, wollte er wissen.

Puh, ich brauche noch einen Schluck. Der Eiskorn hält nicht lange vor. Zu warm ist er. Ich begann, meinen Lebenslauf herunterzuschnurren. Frau Kern notierte und Freiberg fragte. Es war unangenehm. Ich habe mit ihm um jedes Jahr, um jeden Monat und zuletzt um jeden Vollrausch gefeilscht.

Vielleicht feilschte und handelte ich nur mit mir? Damals wich ich sehr geschickt auf berufsbedingte Schlafstörungen und familiäre Geschichten aus. Traumhaft, wie ich mir ein Krankheitsbild zusammenbastelte, das sicher einer kräftigen Neurose glich. Mir stiegen sogar die Tränen in die Augen, als ich meine Wünsche zu Ende beantragt hatte.

Doktor Freiberg musste das gut kennen, denn er nickte abwesend. Nur sein Gesicht wurde schmaler. Damals waren mir die Worte, mit denen er meinen Bericht zusammenfasste, schwer verständlich. Frau Kern sortierte die Ausdrücke in einem neu angelegten Aktenordner zu einem Gerüst, dem Gerippe meiner angeblichen Krankheit, und ich merkte mir jedes Wort. So begann alles mit mir, Peter. Es war nicht das Nachdenken über mich, was mich zur Beratungsstelle getrieben hatte.

Als Frau Kern mich fragte, ob ich an Gruppenstunden teilnehmen wolle, beeilte ich mich sehr, ihr zu versichern, dass ich selbstverständlich kommen würde. Ich bin auch gegangen, Peter, du weißt es ja. Ich solle in meiner Firma sagen, dass ich in der Beratungsstelle gewesen sei. Bin ich denn total verrückt? Und dann seine Worte: Er nehme an, dass ich ein Periodentrinker sei. Ich bekäme Medikamente und könne dann besser über meine Lage nachdenken – ruhiger vor allem.

Von den Vitamindragees B1, B6 und B12 dreimal täglich, früh und mittags je ein Tranquilizer und abends je einen harten Ruhigmacher. So nannte ich die ersten Liebesperlen, die ich von der Psychiatrie bekam. Fast harmlos, diese Dinger. Frau Kerns dargebotene Hand drückte ich weg. Sie lief mir nach und rief dich auf. Von da an habe ich gewusst, dass ich dich wiedersehen würde. Erbittert knallte ich die Tür zu. Nur deinetwegen bin ich später wieder zur Beratungsstelle gegangen, Peter. Dort triffst du wenigstens einen nüchternen Menschen, der das Problem kennt, dachte ich mir. Damals, am gleichen Tage noch, betrank ich mich wie toll. Vorher hatte ich meinen Bauch mit B1 bis B12 gefüllt. Es machte mir nichts aus. Es hätte ein ganzes Kilo sein können. Ich trank in der Kneipe am Ranneckplatz und feierte die Niederlage des Alkoholdoktors. Es war ein glatter Sieg, den ich über die Psychiatrie errungen hatte. Nur die Akte belastete mein Gewissen, doch ich trank es nieder.

Sechs Wochen später war es wieder soweit, Peter. Unauffällig drückte ich die Tür zur Beratungsstelle auf. Ich nahm sie im ersten Anlauf, denn ich lag total am Boden. Ich war in dem

Land, wo Alkohol und Erbrochenes in Strömen flossen. Ich wollte da heraus – heraus, Peter. Nicht nur, weil ich keine Arbeit mehr hatte, denn sie hatten mich gefeuert, nein, ich hatte Angst vor dem Krepieren. Aufhören! Nicht mehr trinken! – Wie lange dröhnt das schon in meinem Kopf. Wie soll das mit mir weitergehen? Maßvoller vielleicht?

Freibergs blöde Worte: Ich nehme an, Herr Naumann, dass Sie ein Periodentrinker sind. Wissenschaftlich gesagt – ein Gamma-Alkoholiker in der akuten Phase. Das sind die Ausdrücke für Frau Kerns Notizen. Schön, ich überprüfe es. Ich sitze auf einer Friedhofsbank, bin im periodischen Rausch und sondere wie Radium Strahlen ab. Hätte ich siebzig Prozent Alkohol im Blut, würde ich sogar Neutronenteilchen für Spott halten, nur, ich ertrage gerade drei bis vier Promille. Das ist so todsicher wie zehn Liter blanker Eiskorn auf ex, Herr Doktor Freiberg. Halt, ich brauche einen Schluck. In meiner rechten Armbeuge kriecht das Zittern – ein sehr feinnerviges Zittern, der Vorbote des Schütteltremors. Ich brauche einen Schluck? Wer ist ICH? Bin ich ICH?

So, bald wird es mir besser gehen. Ich trinke, weil ich trinken will. Auf einem Friedhof betrinke ich mich und gehe nicht nach Hause. Peter, vorhin schämte ich mich. Und weil ich mich schäme und mich dann wie von außen sehe und mich nicht mehr leiden kann, darum trinke ich, bis ich zu bin. Keiner sieht mich.

Ich muss unbedingt die Flasche holen. Wie friedlich sie auf den Blumen liegt. Mir wird schwindelig, ich darf mich nicht so tief bücken. Besser, ich setze mich wieder. Unter der Birke ist es schattiger geworden. Die Sonne kippt in ihre lange Nachmittagsrunde ab.

Ich brauche seit gestern kein Essen mehr. Essen, das wäre der letzte Versuch einer noch nüchternen Person in mir. Das war immer so. Schnitzel, Hackepeter, Buletten. Prost, Peter! Hier kann ich kraftvoll rülpsen. Ich bin ja nicht in der Beratungsstelle. Dort berät jeder, doch keiner hat Ahnung. Die Beratung gipfelt in dem klugen Satz: Sie dürfen nie wieder Alkohol trinken. Nein, auch Pralinen, die gefüllten natürlich, die sind auch nichts mehr für Sie.

Ich baue uns eine Gruppe auf, und dann reden wir über alles. Mir ist danach. Wir müssen über alles reden, sonst ersticken wir an uns. Die leere Halbe, die ich in die Tonne versenkte, bist du, mein lieber Peter. Die große, gewichtige Eiskorn, deren Halb so schlank und dünn nach oben schießt, das ist der gescheite Herr Doktor Freiberg, ein Spezialist für Alkoholismus, der bestimmt noch nie besoffen war. Begleitet wird er von Frau Kern. Sie ist 0,5 Liter plus Glas schwer, nehme ich mal an. So, und jetzt die Gruppe. Eine kleine Gruppe. Kräuterlikör, ich taufe dich auf den Namen Rüdiger. Vor Kräuterlikör ekle ich mich ein bisschen, weil er im Hals klebt. Rüdiger ist »trocken« wie eine Backstube, wir übersehen das mal. Hier steht Brenner-Norbert, die kleine Wodkapulle. Den Schluck würde er mit einer Plombenfüllung vergleichen. So, was haben wir denn hier? – Eine Flasche mit Pfirsichgeist. Dieter, der stille Dieter, dem der Verstand ausdestilliert ist. Die niedlichste Flasche bin ich. Weinbrand-Naumann.

Liebe Freunde, heute werden wir im Freien miteinander reden. Nein – nicht? Wer widerspricht? Ach, Rüdiger. Na gut, dann eben nicht.

Einmal stellte ich Rosen in Sprit, erzähle ich. Frühmorgens waren die Blüten fast schwarz.

Könnte ich doch aus meiner Haut heraus, woanders sein, nicht mehr in meinem Körper leben und doch leben, sagt Dieter.

Ein anderer sein und doch ich selbst bleiben, sagt Peter. Peter, diesmal kommt es zu keinem Entzug. Ich trinke mich in aller Ruhe herunter. Wir haben mal davon gesprochen, an einem Gruppenabend. Es war der Einzige mit dir, Peter. Lag im damaligen Abend die Ursache, dass du so enden musstest?

Es muss bedrückend für dich gewesen sein. Du erzähltest vor den Leuten, dass du schon das zweite Mal zur Entziehung gewesen seist. Du sagtest, dass du nie wieder dorthin zurückgehen würdest, und, sollte man dich dorthin tragen, dann nur noch kalt.

Das war ein Abend. Typen trafen dort zusammen, nein! Brenner-Norbert und Kupfer-Hannes, die klopften sich vor die Brustkörbe, dass der Staub hochstiebte. Zwei junge Burschen hatten ihren Erstauftritt in der Gruppe – beide waren voll. Eau de Cologne trank nicht mehr. Er war ein Wunder. Wir versuchten über das Wunder zu sprechen, das brabbelnd in der Ecke saß, doch alles ging durcheinander oder daneben, denn das Wunder hatte eine Vision und wiederholte diese ständig. Unzufrieden gingen wir auseinander.

Später forderte ich von Doktor Freiberg einen Rezeptzettel. Verärgert schrieb er ihn aus und bot mir einen Termin für die Sprechstunde an.

Peter, du hast auf mich gewartet. Ich hatte keine Arbeit mehr, und das wollte ich vergessen. Deshalb ging ich mit dir mit. Außerdem machte mich deine Nüchternheit neugierig. Von Doktor Freiberg wolltest du nichts nehmen. Wir saßen auf einer Bank und kamen ins Gespräch. Bänke haben so was Eigenes. Für Trinker ist eine Bank ein Magnet. Eine Trinkbank, eine Rednerbank, eine Klagebank, eine Streckbank.

Peter, das Wichtigste zwischen uns haben wir bis heute nicht geklärt. Ich sagte dir, dass ich nicht begreifen könne, warum der Wille gegen das massive Trinken machtlos sei. Du hast mich gerüttelt und gefragt, ob ich nicht zugehört habe, als du von der Klinik sprachst. Es sei eine unheilbare Erkrankung!

Ja, Peter, du hattest da deine Ansichten. Die Meinung des Alkoholdoktors teiltest du zum Beispiel nicht. Der Arzt baue nur darauf, dass seine Patienten alles durchmachen müssten. Die Ängste, den Entzug, sogar das Delir, alles mildere er mit

Medikamenten. Eine Komödie, sagtest du, so könne man nur immer tiefer in den Dreck sinken oder in die Klinik kommen.

Alkoholismus ließe sich nicht mit dem Willen steuern. Von dir hätten alle Willen verlangt, auch du selbst, als du aus der Klinik herauskamst. Doch dann warst du wieder drin. Danach hatte man dich umgestellt. Medikamente plus Alkohol gleich Kreislaufkollaps. So einfach ist das, und schon trinkst du nicht mehr. Für dich gäbe es nur eine Dauerlösung: Nicht zum ersten Glas zu greifen! Nach deiner Theorie, Peter, ist das Grundübel eine immer wiederkehrende Situation, mit der man nicht fertig werden könne. Der aus dem Wege zu gehen, das sei die einzige Lösung überhaupt.

Peter, das klingt nicht schlecht. Über diese Lösung denke ich auch nach, doch ich begreife sie nicht. Auch in der Gruppe hast du nicht darüber gesprochen. Du hast dir nur die Klinik heruntergeredet und geklagt. Warum hast du ausgerechnet mir eine lange Rede gehalten? Immer und überall würdest du dem Alkohol aus dem Wege gehen, hast du behauptet, das ist so wahr, wie ich hier sitze. Die Welt trinkt, und man sei allein. Das könne niemand ständig aushalten, hast du gesagt. Die Leute seien nicht in der Lage, eine Trennung zwischen Laster und Suchtkrankheit zu ziehen. Na bitte. Es gibt nur einen Begriff für einen Trinker: Asozial! Das sei Schuldentlastung, denn eine Krankheit sei eine völlig unpolitische Sache, wäre sie nicht mit dem Dienst am kranken Menschen verbunden. Das war so ein Abend mit dir auf der Bank. Mit deinem Selbstwertgefühl muss es damals auch nicht weit her gewesen sein. Ich krame in meinem Verstand herum, und nichts führt mich mehr zu dir. Dabei habe ich so oft an dich gedacht. Das machte mich sicher. Wenige Tage nach unserem ersten Gespräch bin ich zu dir gekommen. Ich hatte einen guten Grund: Wegen Suff fristlos entlassen. Du hast dich sofort bei mir erkundigt, wie ich es mit dem Lesen hielte. Ohne meine Antwort abzuwarten, hast du

Bücher herangeschleppt. Ich dachte, meine Sorgen um einen Arbeitsplatz wären vergessen, denn du hörtest gar nicht zu, als ich von meinen Problemen erzählte.

Kaum zu glauben, früher war ich Schichtleiter in einem Chemiebetrieb. Zwölf Kollegen richteten sich nach meinen Entscheidungen. Da war ich wer. Meine ehemaligen Kollegen bedauern es sicher heute noch, dass ich nicht mehr ihr Chef bin. Ich war kulant und tolerant. Einen Kollegen habe ich vor Monaten wiedergetroffen. Mit dir, Michael, das waren noch Zeiten, sagte er.

Peter. Du nahmst Papier und Bleistift, du hattest sehr schnell begriffen. Ich schluckte nur: »Brennstoff- u. Kohlenhandel«, »Alfred Weißenbach« und »Hilfsarbeiter«. Ich behauptete sofort, dass ich das nicht nötig hätte. Peter, du hast mich kleingekriegt. Du hast nur gelächelt und gefragt, ob ich schwarzen Tee mit oder ohne Zucker wolle. In der Schublade liege dein Diplom und du wärest dabei, es zu vergessen.

Ich weiß nicht, ob das richtig ist: Kann ein Mensch in seinem Leben das vergessen, wozu man ihn gemacht hat? Lassen das die anderen zu?

Ein Abenteuerbuch habe ich von dir mitgenommen. Es liegt noch bei mir zu Hause. Über das Buch haben wir gewitzelt. Ein schönes Gesellschaftsspiel, das Sich-köpfen-Lassen. Der Held hätte auch saufen können. Das ist wie langsames Erhängen, ein Leben lang, hast du gesagt. Nur der Alkoholkranke wäre der wahre Held, denn er führt einen scheinbar aussichtslosen Kampf gegen die Welt. Aber er kann ihn gewinnen.

Peter, mitunter hast du mich ganz schön geschockt. Wie oft hast du mir entgegengehalten: Alkoholismus ende tödlich. Ich konnte mich daran festhalten, jedenfalls einige Zeit lang.

Dich beschäftigte dein Führerschein. Das Auto, das Einzige, was du aus dem vergangenen Chaos gerettet hattest. Eine Fahrt ins Blaue wolltest du mit mir unternehmen.

Ach Peter, es war der erste Sommer seit meiner Jugend, in dem ich nichts trank. Ich glaube, es war eine schöne Zeit. Ich blieb ganze 67 Tage trocken. Ich setzte meinen ganzen Willen gegen Bier und Schnaps ein. Damals begann ich zu ahnen, dass der Schnaps schon im Zentrum meines Willens saß. Blass und wie betäubt ging ich durch die Straßen unserer Stadt. Ich hungerte nach Lob, doch wem sollte ich meine Geschichte erzählen – außerhalb der Kneipen, wenn nicht dir oder der Gruppe. Mit der Gruppe, da hattest du auch recht, Peter. Einige trommelten wie Affen ihre Brustkästen, sobald sie drei Tage ohne einen Schluck auskamen. Oft wurde mir schlecht davon! Es war ein Wettbewerb im Dauerlügen. Wir schlugen mit Worten aufeinander ein, bis nur noch »trockene« Giganten oder »nasse« Lappen übrig blieben. Ja, so war es. Peter, du warst für alle eine Nummer zu groß.

Peter, was hat dich nur unter die Erde getrieben? Mir geht es doch wesentlich schlechter hier oben. Mit dem Saufen muss ich ganz scharf laborieren, sonst lande ich wirklich in der Klinik. Noch vertrage ich was! Wenn es mir nur nicht so schlecht gehen würde danach. So wie damals, vor der Fahrt ins Blaue. Die Abstinenz hatte Schuld daran. Ich trank nur einen Abend, doch es haute mich um. Den ganzen nächsten Tag lag ich in selbstzerstörerischer Wut im Bett. Ich war schwach. Meine Gier nach Schnaps fing ich mit grünen Dragees ab. Davon weißt du nichts. Ich suchte den perfekten Zustand der losgelösten Schwere, weg von den Sorgen der Welt. Ohne Körper kristallklar schweben – der schönste Zustand überhaupt. Auch jetzt suche ich ihn, doch ich komme von meinem Körper nicht los. Die Kapelle, die Sonne und die Bäume interessieren sich nicht für dich, auch nicht für mich. Mir egal. Ich bin schlaff und neutral. Was ist denn der berühmte Sinn des Lebens? Er steht mir zu, doch wo ist er? Was mache ich mit mir? Ich wasche meinen Körper. Ich wasche meine Klamotten. Ich möchte nicht auffallen wegen Unsauberkeit. Ich wünsche mir, dass die Leute mich freundlich ansehen. Sie sollen Michael zu mir sagen – nicht Naumann, der Säufer. Ich räume meine Wohnung auf. Ich wische sogar Staub. Nichts ist sinnloser als das Staubwischen. Die Erde ist ein Staubkorn. Überall wird getrunken. Wie soll man das auch aushalten auf diesem trockenen Planeten. Keiner kommt zu mir. Familie ist noch sinnloser. Meine Mutter will seit meiner Scheidung nichts mehr mit mir zu schaffen haben. Mein älterer Bruder hat die Familie verlassen. Ich denke, er ist umgekommen – irgendwo in Afrika. Peter, ich hatte nur dich.

Warum kriege ich mitunter einen Fimmel und wische Staub von meinen abgeschabten Möbeln – warum? Der Staub kann doch bleiben, wo er ist. Trotzdem wische ich Staub, mein Gott! Warum bloß? Jetzt lasse ich mir einen Bart wachsen und rede mir ein, dadurch ein anderer Mensch zu werden. Es stimmt aber nicht, ich bin nur zum Rasieren zu faul. Oft träume ich von einem besseren Leben. Ein Leben wie im Film. Eine schöne, feine Frau liebt mich und ich liebe sie auch. Alles nur Traum. Der Film reißt und ich sehe mich, wie ich freudlos mein Ding unter ihrer Haut hin und her bewege. Aus Dankbarkeit wischt sie dann den Staub. Ich wiederum würde dafür am Samstag – zur Freude der Nachbarn und zur Wonne meiner Frau – das Auto aus der Garage holen, es putzen und ablecken und es wieder hineinschieben. Ist das nicht ein tolles Leben? Ich werde noch verrückt. Eine zweite, abgebrannte Zigarette halte ich in meiner rechten Hand. Sie fällt herunter. Macht nichts. Kopf hoch, immer Kopf hoch!

Peter, wir fuhren dem Gebirge entgegen. Regnerisch war es. Leute, die Probleme lösen wollen, fahren entweder ins Gebirge oder ans Meer, damit sie herabfallen oder untergehen können, die Probleme. Und ich hatte welche, ich habe sie noch heute. Du, Peter, hast deine auch mitgenommen.

Weißt du, wie mein innerstes Leben beschaffen ist? Wie aus sprödem Glas. Ein erstarrtes Prisma. Kalt und unbeweglich, durchschaubar und öde bis in den letzten Winkel. Mein ICH blickt gleichgültig hinein und kommt zerrissen und kopfgestellt wieder heraus. Es gibt nichts mehr, woran ich mich noch klammern kann. Ich habe schon Dutzende Leben und Tode gelebt und gespielt. Es gibt einfach keine Variante mehr, die ich nicht kenne.

Immer habe ich meine Arbeit gemacht, doch für andere Menschen bin ich ein verdächtiger Mann. Ich kann es regelrecht hören, wie sie über mich denken und reden: Der darf nur heimlich saufen. Oder: Naumann drückt nur durch, das arme Schwein. Ein Trinker, er gibt es nur nicht zu – ihm ist nicht mehr zu helfen. Der Säuferwahn wird ihn noch umstülpen. Ich, eine Studie des Delirium tremens. Naumann, die aufrecht gehende Fress-, Kack- und Saufmaschine. Wie er lachend durch das Klinikgelände hüpft und Herr Flasche spielt. Nein, das will und bin ich nicht!

Peter, sag du mir, woran soll ich noch Freude finden? Ich bin ein Automat, der einigermaßen funktioniert, wenn er trinkt. Meine Gefühle sterben auf Raten. Nichts läuft mehr ineinander. Sobald ich trinke, geht es mir wieder besser. Ganz ohne einen Schluck, da schmecke ich eine Kneipe auf hundert Meter Entfernung, da sehe ich mit der Zunge das Bier und höre mit der Nase den Preis. Peter, jetzt höre ich dich, halte ich meine Lippen an den Flaschenhals.

»Musst durch die Krankheit durch, Michael. Ein ganzes Jahr und länger. Organisiere dir kleine Erfolge. Mache alles mit, nur nicht den Suff. Nimm die Hände vom eigenen Hals! Pfeif auf Höhen und Tiefen. Du Selbstbemitleider – armer Michael.«

Deine Stimme!

Meine Augenlider sind so unsagbar schwer. Ich möchte dich sehen. Mensch, mir ist doch selber klar, wie hilflos ich vor der

Flasche stehe. Jedes Mal versuche ich den Entzug zu umgehen. Ich ahne es, dahinter steckt das Delir, und hinter allem lauert der Tod. Er ist wie ein dunkles Gebirge. Hätte ich nur den Mut, »Guten Tag, lieber Tod« zu sagen. Wenn er bloß nicht so gemein zuschlagen würde. Vielleicht ist es besser, an GOTT zu glauben. Groß und gütig würde er mir das Trinken abnehmen und mir ein vernünftiges Maß anbieten. Das würde ich ertragen können. Man legt sich eine schwere Kette um, hängt ein mächtiges Kreuz dran und wartet darauf, dass der Hals zugezogen wird, sobald man zur Flasche greift. Das Kreuz abnehmen, um wenigstens einmal Luft zu holen, gilt als Sünde. Es soll welche geben, die machen es so. Doch lange kann es auch nicht vorhalten, bei fast keinem. Sie erschlafft, die Seele, wenn es sie gibt. Das Trinken treibt die Gefühle hoch und höher. Das Gewissen kommt in Not, denn es kann mit dem Alltag nicht auskommen. Der Alltag ist nicht rosa, er ist hart. Eine immer wiederkehrende Vergewaltigung durch Schnaps. Er wird noch alles in mir abtöten. Übrig bleibt mein entnervtes, kaltes Gehirn, mein Greisengehirn. Mit so einem Verstand kann kein Mensch richtig leben. Und wenn, dann nur lustlos und zwanghaft.

Ich politisiere mit der Flasche. Sie betäubt mich. Mir bleiben nur noch die Gedanken, mich ständig aufs Neue zu betäuben. Mein Lebenssinn ist, Peter, durch Promille die Gefühle ausfühlen zu wollen. Jetzt begreife ich auch, wie brutal du um dein Leben gekämpft hast, mein Freund. Du kamst aus einer Klinik, kanntest die Gruppentherapie, sahst gut aus, hattest bestimmt Unterstützung und wolltest nur ein normales Leben leben. Hat dich der Bruder Schnaps zu dem gemacht, was du heute bist: zu einer reglosen, kalten Leiche?

Für die Fahrt ins Blaue hatte ich mir Gefühle gegönnt – flüssige natürlich, und am Tage zuvor bitter bezahlt. Mir ging es sehr schlecht, doch wir fuhren trotzdem los. Ich habe versucht, meine Probleme, die fühlbar zwischen uns standen, so abzubauen, dass ich irgendwie über das Wesen der Zeit philosophierte – wie ich es eben verstand.

Ich schämte mich vor dir, weil ich getrunken hatte. Ich erzählte von denen, die auf Bergen leben und in die Täler wollen. Aber wie es so mit uns Menschen ist, vorher muss verhandelt werden, und wie es üblich ist, es einigt sich kein Mensch mit einem anderen, obwohl die, die in den Tälern leben, in die Berge wollen. Nur die Genialität und die Asozialität wechseln ihren Aufenthalt nach keinem System, weil ihnen Werte und Klassen nicht so wichtig scheinen und sie sich überall heimisch fühlen. Nur der bindungslose Mensch sei wahrhaft frei, erzählte ich dir, doch wollten alle Menschen frei sein, würde die Menschheit umkommen. Darum schickt die Gesellschaft ihre überzähligen Freien in den Tod. – Alles so Theorien.

Als wir am Berg ankamen, ließ der Regen nach. Es blieb nur der Wind. Auf einer Felszacke standen wir und zündeten uns Zigaretten an. Wir haben lange geschwiegen. Plötzlich fing ich an zu zittern, dann zu schwanken. Es war so, als ob der große Stein, auf dem ich stand, langsam nach vorn kippte. Es war ein übermächtiges Gefühl, kein Entschluss. Ich schloss die Augen, wollte mich fallen lassen, und du, Peter, du brülltest in den starken Wind: Idiot – springe! Dann hast du mich gepackt und an dich gezogen. Spring in die Tiefe, dann hast du es hinter dich gebracht. Ich drehte meinen Kopf weg und sah deiner Zigarette nach, die im Wind den Abgrund hinuntertaumelte.

Nimm mich mit, hast du gesagt. Ich irre mich nicht, du hast es gesagt. Wir sahen uns in die Augen. Die Angst vor dem Tod hielt mich zurück. Dir kamen die Tränen, dann warst du wieder gefasst. Meinem Blick bist du ausgewichen. Tief unten in der Schlucht schäumte weiß und stumm der schmale Fluss.

Ich habe dich begriffen. Du wolltest wirklich hinunter, und ein paar Sekunden lang hast du es zugegeben. Nur, ich brauchte dich doch. Du warst das Beispiel für mich, dass es auch OHNE ALKOHOL ging.

Jetzt hast du mich endgültig im Stich gelassen. Es ist alles schiefgegangen. Dort oben schlossen wir das Abkommen: Ich sollte in die Gruppe gehen und dir davon berichten, und du würdest mir dabei helfen, meine Probleme zu lösen.

Einiges habe ich dir wirklich zu verdanken: den Arbeitsplatz und deine Entschuldigungen. Was ich nicht verstehe, warum du nicht in die Gruppe gehen wolltest. Sind die Leute dort wirklich unter deinem Niveau? Was dort kommt und geht, oh Mann. Trotzdem hast du immer genau zugehört, wenn ich dir erzählte, wie die Abende waren. Eau de Cologne soff nicht mehr. Er saß da und wunderte sich über sich selbst. Ab und zu erzählte er von einer Vision. In Wahrheit hält ihn Doktor Freiberg mit einem Medikament vom Schnaps weg.

Zwei oder drei Tage nach dem letzten Gruppenabend, so hat mir Brenner-Norbert erzählt, soll der stille Dieter in die Klinik gekommen sein. Er hatte sich starke Medikamente organisiert und danach zur Flasche gegriffen. Wo er jetzt liegt, das sei eine ehrwürdige Nervenklinik, mit eigenem Friedhof, meinte Norbert.

Ich gehe nicht mehr zur Beratung. Es ist doch zwecklos.

Am Abend, als wir aus den Bergen zurückkamen, war ich stumm wie lange nicht mehr. Du warst heiter und ausgeglichen. Während der Fahrt hast du ständig erzählt von dir. Vielleicht habe ich es einfach überhört, warum du jetzt da unten liegen musst.

Ich sehe dich im himmelblauen Overall auf einem Förderband liegen. Ein dickes Auto hält auf dem Fabrikhof. Ein schnaufender Herr entstieg dem Wagen und sagt, dass er dich sucht. Ich stelle das Band an. Es fördert ihn hoch und höher. Brenner-Norbert schreit: Der is nich hier, Kumpel. Schmeiß ’ne Pulle, ich sag dir, wo er is!

Ich bin Peters Vater. Hier haben Sie eine große Flasche. Der Naumann war's.

Und wieder Brenner-Norbert: Der Naumann war's. Der hat's Band angestellt. Ihr Sohn is schon im Himmel angekommen.

Herr Brauer fährt auf dem endlosen Band seinem Sohn nach.

So ein Quatsch! Drehe ich durch? Ich muss meinen Nacken auf die Banklehne legen. Die Birkenblätter wispern mir zu:

Während der Studienzeit harmloses Trinken. Diplom. Bauleiter. Wer trank nicht? Der Vater übergroß – promovierter Doktor Brauer. Peter fühlte sich immer beobachtet. Das Trinken wurde sein Saufen. Sein Vater ließ seine Mutter sitzen. Eine Jüngere musste es sein. Peter – zehn Jahre Bauleiter. Er brauchte viel Geld. Der Bau, die Firma, der Vater. Vater annoncierte für seinen Sohn.

Der Auto-Diplom-Bauleiter-Sparkonto-Mann sucht Frau zum Staubwischen und zum Dingsda. Auch die Liebe hat der Vater für den Sohn besorgt. Montage und Saufen. Mitunter macht Montage den Suff. Zweckehe. Ein Trinker braucht frische Wäsche und vorgekautes Essen. Ricardo und Katrin, Susanne und du. Bald wart ihr geschiedene Leute. Die Kantinenmutter brachte früh schon einen Doppelten ans Bett. Ein Projekt fehlerhaft realisiert. Ach, Sie sind der Sohn von Dr. Brauer? Ach, Sie sind das? Wie teuer ist Pfuscherei? Der Stützpfeiler einer Halle gab nach – ratsch! Übrigens war es das zweite Unglück. Du brauchtest Geld für den Gerichtsprozess. Scheißunglück. Weintrinker, Kumpeltod – alles kennst du. Wie die Halle, so brach deine Welt zusammen. Dein Nachfolger bei deiner Frau war ein Oberkellner. Hatte dich öfter bedient. Auch wenn du nicht da warst. Susanne arbeitet heute dort. Perfekt zwei Fremdsprachen. Mutter bezahlte deine Schulden. Vater nicht. Er hielt auf Distanz wegen gesellschaftlichem Ansehen. Dein letzter Widerstand brach in sich zusammen und ab in die Klinik. Bald wieder raus und wieder das erste Glas.

Mutter half dir immer. Sie musste helfen. Sie konnte nicht anders. Das Unglück. Sie ist ein Unglück, die Klinik. Delirium. Schneeweißmanufaktur. Dein überhöhtes Selbstwertgefühl.

Die Wolken ziehen ab. Das war kein Regen. Das waren nur Tropfen. Tropfen-Suff. Ein dünner Schlauch bis in den Magen bringt dosiertes Wohlbehagen. Der schönste Trinktraum. Mein Nacken schmerzt. Die Lücke zwischen den Bäumen neben der Kapelle sieht aus wie eine grüne schartige Säge. Bleib, wo du bist, Sonne, sonst reißt die Säge dich auf. Sie fällt, die goldene Kugel, die auf der Kuppel des Turmes schwimmt. Heute haben die Wolken Hörner. Ein Horn müsste die Kugel aufspießen und zu mir tragen. Die Kugel erinnert mich an ein Dragee. Das Dragee beruhigt und zwingt die Arme in Pfötchenhaltung. Armes Häschen bist du krank ... Wenn meine Freunde, die kleinen und die großen Flaschen, leer sind, werden sie mit Dragees und Tabletten gefüllt. Dann hüpfen sie wie Hasen aus der Zeit hinaus. Nur die Flasche Rüdiger bleibt leer, weil er ein trockener Mann ist. Rüdiger, ich beneide dich.

Der Rüdiger, Peter, hat sich letzte Woche mit Norbert gestritten. Ich erzähle dir das. So ist es ja zwischen uns abgemacht. Ich stelle nur meine Flaschen-Gruppe um. Rüdiger ist die Hauptperson. Ihn stelle ich in die Mitte und den Norbert daneben. Wodka und Kräuterlikör, ein seltsames Duett. Der Streit, Peter, war nicht das Wichtigste am Abend. Es geschah etwas, das vielleicht viel wichtiger war, nur, ich kann es nicht begreifen. Rüdiger sprach darüber, wie er nüchtern geworden ist, vor Jahren schon, doch richtig begreife ich seine Begründungen nicht. Nur, es lohnt sich wahrscheinlich, sie zu kapieren. Wie Rüdiger, so möchte ich schon sein. Doch ich würde es ihm nie sagen, Peter. Aber dir kann ich es ja erzählen, denn du bist tot. So bleibt es unter uns.

Totentanz I – VI

»Totentanz« I–VI , 2013 entstanden,
Monotypien auf Chinapapier,
Format: 70 x 50

Fremdes Grauen

Die Frau Kern begrüßte uns gesondert, den Brenner-Norbert und mich, aber ohne Ironie. Uns sah man den Suff wohl ein wenig an. Sie sagte, dass sie sich besonders darüber freue, dass die Herren Haber und Naumann auch mal wieder gekommen seien. Ich nickte gewollt feierlich, um das klägliche Zittern meines Nackens zu verbergen. Brenner-Norbert schnipste verächtlich mit der Zigarette zum Gebäck hin. Der Herr Doktor war auch dabei. Er saß im Sessel, ein wenig abseits. Der Schatten seines Kopfes warf das längliche Profil eines schnappenden Fisches an die Wand, sobald er sprach. Wie immer verkündete er, was er bisher nie eingehalten hatte, er würde nur zuhören, er wolle von uns lernen. Wir sollten uns nur ungezwungen über unser Alkoholproblem unterhalten. Wir waren ein Dutzend Männer. Ausgerechnet neben mir saß Dieter. Genau während dieser Tage pillte er sich klinikreif, doch über Dieter haben wir nicht gesprochen. Wir waren sehr schweigsam. Niemand wollte den Anfang machen. Reden wir über mich, sagte Rüdiger und hob dabei die Fingerspitzen. Dann zeigte er auf mich. Ich weiß nicht, ob er es bewusst getan hat, doch den ganzen Abend blickte er nur mich an.

Der Rüdiger, ihm habe ich genau zugehört. Er hatte mich schon länger misstrauisch gemacht durch seine Art, und dann kam es auch: Er sei seit 27 Monaten trocken. Wie bedeutungsvoll das klang. Insgesamt sei er viermal in der Klinik gewesen und dann nie länger als einen Monat nüchtern geblieben. So war es mit ihm. Er sei so weit unten gewesen, dass er nicht mehr hätte tiefer fallen können – vielleicht noch in den Tod. Seine Frau und sein Sohn, die hätten ihn herausgeholt aus dem nassen Elend. Immer wieder das erste Glas, fast hätte es ihn umgebracht. Jetzt sei er nüchtern im Verstand und wieder verheiratet, mit seiner ersten Frau – das zweite Mal.

So machte Rüdiger freiwillig den Einstieg in das Gruppengespräch. Seine Worte nahmen mich sehr mit, darum verschloss ich mich. Ich glaube nicht daran. 27 Monate nüchtern, das kann nicht wahr sein. Brenner-Norbert sagte mir, es stimme wohl, obwohl er Rüdiger nicht leiden könne. – 27 Monate!

Es wurde eine muntere Runde. Norbert stippte mit der Zigarette nach Rüdiger und legte los: Wo wäre Rüdiger unten gewesen – wo? Er selbst, Norbert Haber, sei dreimal im Knast gewesen wegen Suff, zigmal in der Rettungsstelle gelandet, wegen Suff. Was er alles durchgemacht habe, kein zweiter Mensch würde das aushalten.

Da steht er nun vor mir, klein, verloren und bunt, der Norbert. Das Wodkafläschchen – weißes Etikett mit blauem Schriftzug. Ob ich es austrinke? Nein, ich halte mich an Doktor Eiskorn.

Norbert, was der doch für einen Theaterdonner abziehen konnte. Ich wollte mich weder für Norbert noch für Rüdiger entscheiden. Ich will wissen, ob ich mit weniger Alkohol auskommen kann, doch diese Frage habe ich noch nie zu stellen gewagt.

Frau Kern meinte dann, dass Herr Best eine Kritik erhalten habe, und sie würde es sich wünschen, dass er nun auf Herrn Habers Worte eingehe.

Rüdiger lächelte und sagte wohl, dass der Norbert Haber sehr überheblich auf ihn wirke. Der wolle sich doch nur interessant machen, und deshalb verdränge er sein wirkliches Problem, suchtkrank zu sein. Das klang hart, Peter.

So ein Spinner, rief Norbert und blickte in die Runde, doch Rüdiger ließ sich nicht unterbrechen. Norbert habe seinen tiefsten Punkt noch nicht erreicht. Er würde wohl weiter trinken müssen, denn das Trinken sei nun mal eine Frage der Würde und des Gewissens. Am besten wäre doch, er würde mal erzählen, wie es ihm ergangen sei:

Er könne sich sogar an das Datum erinnern – es sei der 8. März gewesen, da erwachte er wieder einmal nachmittags in seiner Bude. Er habe einen Tag vorher sein Scheidungsurteil erhalten und bis in die Nacht hinein gesoffen. Wie üblich käme dann am nächsten Tag das gefürchtete Abklappern. Dem wollte er zuvorkommen und suchte in seiner Dachkammer nach Trinkbarem. Von Minute zu Minute deutlicher sah er die Kronverschlüsse, die breitgequetschten Zigarettenkippen und die drei, vier Quadratmeter vollgestellt mit leeren Flaschen. In einem Pappbecher habe er die Neigen gesammelt, sich besser gefühlt und wollte gehen, doch der Wohnungsschlüssel war verschwunden. Er versuchte die Tür einzutreten, doch er schaffte es nicht. Peter, es muss der nackte Wahnsinn gewesen sein. Zuletzt suchte er den Schlüssel im Siphon des Klobeckens.

Ständig sah Rüdiger mich an, als er das erzählte. Mir war unwohl. Ich zuckte zusammen, als Norbert dazwischenbrüllte: Hättest du mich geholt, die Tür hätt ich eingetreten! Rüdiger blieb ruhig. Er sagte, dass Norbert jetzt nicht mitreden könne, und er solle gefälligst seine Klappe halten. Bevor er aufs Dach gestiegen sei, habe er eine Flasche Rasierwasser ausgesoffen. Das Feuer aus der Flasche hätte ihn aufs Dach getrieben. Seine Hände hätten geblutet, als er die Luke abhob, sagte er. Er wäre zwischen Antennen, Kabeln und Essenköpfen umhergewankt, und einen Abstieg hätte er nicht finden können. Später habe er sich hingelegt, sagte er, um die Leute auf der Straße zu beobachten.

Ringsum flackerte blaues Licht, und er habe gedacht, nun würde er unter dem kalten Himmel auf nassen Pappdächern umkommen. Stunden hätte es gedauert. Stück für Stück wäre er gestorben. Den Bauch habe er sich blutig gekratzt, weil eine riesige Ameisenkolonne über ihn gekrochen wäre. Er hätte die kleinen Viecher alle zerdrückt, immer wieder aufs Neue zerdrückt. Gequetscht und geschmiert hätte er, bis zwischen

Hemd und Haut alles blutig war. Nach zehntausend Ameisen wäre er erschöpft und ausgebrannt gewesen. Er habe sich dann nicht mehr gewehrt und die flinken Viecher kommen lassen. Sie kribbelten und krabbelten über die Augen, über die Beine und über den Bauch. Jedenfalls kam er auf den Matratzen in seiner Dachwohnung wieder zu sich. Sein älterer Sohn habe neben ihm gesessen und ihn mit einer Decke eingewickelt wie ein Kind. Er habe alles mit sich geschehen lassen. Es wäre vier Uhr morgens gewesen. Seine Frau habe ein Heizgerät mitgebracht. Für ihn! Als es wärmer in der Dachkammer wurde, habe er den ersten klaren Gedanken fassen können:

Er leide an einer Krankheit, die unbedingt tödlich ausgehen würde, unternähme er nichts dagegen. Übrigens, seit der Nacht sprächen seine Frau und er vernünftig über seine Krankheit. Den Krisenschlaf habe er auch in der Dachkammer durchgestanden, doch danach wurde alles anders. Er, Rüdiger Best, sei seitdem nicht mehr der Mensch, der sich selbst belüge.

Peter, zwischen uns Männern blieb etwas in der Luft. Eine Ehrlichkeit, die mich würgte und mir fast den Atem nahm. Die Runde schwieg so lange, bis Norbert sagte, alles sei nur rührseliger Blödsinn. Der Papa würde mit dem Saufen aufhören, und das nur, weil da irgendwelche Ameisen gekommen wären und der Sohn den Vater mit einer Decke eingewickelt habe.

Norbert grinste dazu schwach. Er und Rüdiger, sie konnten sich an diesem Abend nicht über den tiefsten Punkt einigen. Doktor Freiberg schlichtete, sagte aber, das mit Herrn Best ginge auch über seine Kompetenz. Allerdings solle die Gruppe jede Erfahrung ernst nehmen. Er müsse hinzufügen, dass es auch das Ende hätte bedeuten können. So hart müsse er es sagen, denn ein Delir, die Kälte dazu, das könne, normal gesehen, kein Mensch durchstehen.

Es hätte mein Ende sein können, erwiderte Rüdiger, das sei richtig, aber was auch sonst noch gekommen wäre, nichts ließe sich rückgängig machen, und insgesamt gesehen, dieser und kein anderer wäre sein vorgezeichneter Weg – davon würde er sich nicht abbringen lassen. Er wäre nicht beizeiten einsichtig gewesen, und da müsste nun mal das Leid so stark sein, sonst wäre er nie vom Suff weggekommen. Sicher, es gäbe viele Wege, die zum Leben führten, und im Krankenbett hätte so einer wie er auch mehr Chancen gehabt, vorausgesetzt, er würde es gerade dort begreifen, und dem Norbert wolle er mal sagen, mit Blümchen in der Hand gehe niemand durch das Delir, auch ein Norbert Haber nicht. Er hoffe für ihn, dass es soweit nicht kommen müsse, doch solange er weitersaufe und nicht bereit sei, der Flasche zu widerstehen, könne er bestenfalls in der Gosse krepieren.

Frau Kern vermittelte: Vielleicht gäbe es einige unter uns, die sich für Herrn Bests Nüchternheit interessieren? Alle würden daraus lernen, nähmen wir Doktor Freibergs Ratschläge ernst. Alkoholismus kann tödlich enden, und das Risiko beim Aufhören sei ohne ärztliche Versorgung sehr groß. Schon deshalb rate sie, auf medizinischen Beistand nicht zu verzichten. Ihre Feststellung unterstrich sie mit der Frage an Norbert Haber: Wie er sonst das Beispiel Rüdigers verstanden hätte?

Norbert war hilflos. Er ruderte und fuchtelte mit den langen Armen in der Luft. Er brauchte Zeit, um Worte zu finden. Was dann kam, Peter, klang überheblich. Eingenommen wäre Rüdiger von sich. Er sei ja trocken, kaum zu glauben, und das Eheglück hätte er wahrscheinlich auch wieder in der Tasche. So ein glücklicher Mann, der Rüdiger. Warum der überhaupt zur Flasche gegriffen habe? Einmal auf dem Dach gefroren und dann aufgehört. Wenn es so einfach wäre, würde es sich gar nicht lohnen zu beginnen. Warum da der Verlust der Frau, des Arbeitsplatzes und sich in Klinikbetten suhlen? Was solle er damit beginnen? Er habe fünfeinhalb Jahre im Knast abgerissen. Es wären nur Kleinigkeiten gewesen. Zugegeben, der Schnaps habe auch eine Rolle gespielt, so meinte eine Richterin.

Nach Rüdigers Worten wäre der Alkohol der Staatsanwalt selbst gewesen, der ihn in diese Lage gebracht und verknackt hätte. Knast wäre an sich nicht schlimm, aber Typen liefen dort herum, nee, die würden jeden kaputtmachen.

Norbert ging dann hinaus. Später sagte er mir, er wäre auf dem Klo gewesen. Ich nehme an, er hat dort eine Flasche niedergemacht und wollte es nur nicht zugeben. Als er wiederkam, riss er sofort das Gespräch an sich. Wütend war er auch.

Ihn würde alles krank machen, nur nicht der Schnaps. Der Staat mit seinen Ämtern würde ihn kränken, die Weiber mit ihren dicken, selbstzufriedenen Ärschen würden ihn verachten, und dazu die Verlogenheit der satten Massen, na die erst einmal. Nur deshalb besaufe er sich. Er könne dies alles nicht ertragen. Wenn er die Welt nüchtern sähe, müsse er kotzen.

Noch jetzt sehe ich Rüdigers Blick, wie dieser ernst und Anteil nehmend über unsere Gesichter wanderte. Der stille Dieter neben mir wurde noch stiller und schien in sich zu kriechen. Ich fühlte mich miserabel.

Doktor Freiberg hielt zum Schluss sein akademisches Kurzreferat über Alkoholismus. Wir sollten unsere Krankheit kennenlernen. Das sagt auch Frau Kern jedes Mal. So ein Schwachsinn, wer richtet sich schon danach? Ob Grippe oder Krebs, was hilft das überhaupt, das Kennenlernen der Krankheit?

Verzeihung, Herr Doktor Freiberg, oberhalb ihres schlanken Halses, diese goldene Kappe, das ist nicht ihr Hut, Herr Doktor. Pssst! – mein Herr, eine Sekunde werden Sie noch schweigen müssen. Verstehen Sie bitte – Prost!

Ich biege den Schraubverschluss ein wenig zusammen. Freiberg näselt das A, wenn er gelehrt spricht. Niemand ist vollkommen.

»Meine Damen in Weiß, Meine Herren in Schwarz! Vielleicht einige Worte zu den medizinischen Aspekten der komplizierten Erkrankung Alkoholismus – ach. Erst trinkt sich der

Patient in die prodromale Phase ein, bis bestimmte Enzyme des Stoffwechsels – ach, besonders in der Leber und so, keinen Widerstand mehr leisten können. Weiter – bittäh. Alkoholismus ist keine Charakterschwäche, kein fehlender Wille, meine Damen und Herren. Ja – ach!« Und die Welt, die Welt, die liebt mich wieder, sobald ich das begriffen habe. Sie klopfen mir auf die Schulter, die lieben Freunde. Der Polizist und der Bürgermeister und alle, alle sagen: Du bist ein feiner Kerl, Michael! Komm, wir trinken ein Bier, denn deine Krankheit hast du ja überwunden.

Peter, ich kann nicht mehr, ich will diesen Quatsch nicht mehr. Ich nehme einen Hieb aus der Flasche. In Doktor Freibergs Flaschenbauch gluckert es. Ich leere ihn – er fließt in mich.

Das schöne Grün auf dem Friedhof ist erträglicher als die Menschen – die Toten auch. Freiberg hielt den Vortrag und hätte mich beinahe rausgeworfen. Er rauchte und sprach vom Saugreflex und der Wärme der Mutterbrust. Eine blöde Bemerkung aufs Nuckeln konnte ich mir nicht verkneifen. Nach dem Kurzreferat führte Brenner-Norbert wieder das große Wort. Seinen Suff maskierte er mit Polit- und Weltekeleien. Bis heute ist es mir ganz und gar unwahrscheinlich, dass ihm der Schnaps je etwas anhaben könnte. Nein, Norbert Haber nicht. Er sollte nur nicht soviel streiten. Dadurch macht er sich noch zu Doktor Freibergs Spitzen-Alkoholiker. Dass Norbert zuviel säuft, das wissen wir alle, und er auch. Nein, so ein schlechter Kerl ist Norbert nicht.

Keiner würde mich verstehen – ohne einen guten Schluck in der Kneipe. Ach, ich brauche keine Ausreden, ich habe genügend echte Gründe. Nur den Knast kenne ich nicht. Dort will ich auch nicht hin.

So endete der letzte Gruppenabend, Peter. Ich fühlte mich nicht angenommen, saß ziemlich unnütz im Sessel und sah

Rüdiger auf mich zukommen. Nun geh schon und hol dir deine Ruhigmacher ab, um so schneller wirst du eines Tages nüchtern werden, falls du noch erwachen solltest, sagte er zu mir. Das klang hundsgemein. Ich ging. Doktor Freiberg saß wie immer groß und schmal hinter seinem Schreibtisch und riss Zettel um Zettel vom Rezeptblock ab. Meine Medikamente hatte ich fast alle noch, doch versöhnend bestand ich auf einem leichten Schmerzmittel, um Freiberg ein Lächeln abzugewinnen. Er blieb ernst, als erledigte er eine schwere Arbeit. Das Sprechzimmer des Alkoholdoktors Freiberg, die weiße Welt des Wohlbefindens. Ich kenne mich sehr gut aus. Bisher spielte jeder Arzt zufrieden mit. Ja, Peter, die hohe Schule der künstlichen Glücksherstellung, und ich war immer einer der ersten in der langen Reihe. Ein schöner, bunter Regen aus Vitaminen und Tranquilizern ergoss sich über alle. Rot, grün, violett und weiß. Immer wieder weiß hagelte es auf uns herab. Zweimal donnerte es: Welches Mittel? Aber nur unter Aufsicht! Ich ging aus dem Sprechzimmer.

Dieter stand vor dem Arzt, und der Arzt fragte: Distras, musste das sein? Dieter nickte stumm. Gut, er würde die gelben Kapseln ambulant bekommen, nur, dafür müsste er jeden Tag in die Klinik gehen und sie persönlich abholen. Das war die Ouvertüre vor Dieters Untergang. So einer lässt sich nicht mehr kontrollieren, und wenn er sich auch dreimal zur Kontrolle anstellt.

Norbert kappte eine kleine Wodkaflasche. Er bot mir einen Schluck an. Ich lehnte ab und zeigte zum Sprechzimmer. Norbert grinste, doch als Rüdiger kam, steckte er die Flasche weg.

Unten, auf dem Ranneckplatz, verabschiedeten wir uns flüchtig voneinander. Es sah so aus, als eilte jeder auf umständlichem oder direktem Wege zur Flasche. Gern wäre ich zu dir gegangen, Peter, ich brachte es aber nicht fertig. Du hattest zu wenig Zeit, und ich hatte zu viel Bier in mir. Später würden wir die Zeit finden, um über alles zu reden, dachte ich. Einseitig ist es zwischen uns geworden, Peter, weil du dich davongemacht hast. Was gab es denn für Gründe? Herrgott – alles lief so gut, und jetzt liegst du hier. Hier, vor mir! Wir waren gut aufeinander eingespielt. Manchmal hast du mich morgens abgeholt und wir sind gemeinsam zur Arbeit gefahren. Mittwochfrüh, das hat Spaß gemacht. Jeden zweiten Mittwoch, immer nach dem Gruppenabend. Ich hätte gern gewusst, wo du dich herumgetrieben hast. Ob das dein Unglück war?

Die Stadt hat sich unter der Sonne gedreht. Mein Schatten ist fast um mich gewandert und mit den herabhängenden Zweigen der Birke verwachsen. Ich habe meinen Schnapsspiegel hochgetankt und halte Maß. Noch ein knappes Drittel fasst die Flasche. Sie glitzert im Sonnenschein. Ein amputierter Regenbogen im Glas.

Es ist niemand zu sehen. Das ist die Gelegenheit. Die hellblaue Wassertonne. Erheiternd, wie ich mit meinem Strahl den flinken Wasserläufer scheuche. Ich lass ihn leben. Wie gewandt und ruhig ich bin, halte ich einen ausgewogenen Alkoholspiegel in mir.

So ein Friedhof hat vieles für sich. Er hat ausgesprochen ruhige Plätze zu bieten und schützt vor aufdringlichen Blicken. Um meine Wangen fächelt ein milder, warmer Windhauch. Wie angenehm. Ich setze mich und zünde mir eine Zigarette an.

Den Mantel kann ich öffnen. Ich muss meine Brust massieren. Dumpf, aber friedlich rumort der Schnaps. In mir ist es nicht so still wie in dir, Peter. Unvorstellbar, ein langer, schöner Mann liegt wie ein Baumstamm in der Erde, und in ihm ist es total still! Wie meine Gedanken schwimmen. Eine endlose Welle aus Eiskorn in mir. Dünung im Gehirn. Ich trinke einen harmlosen kleinen Schluck, damit die nächste Welle rauscht. Es hat für mich keinen Sinn, im Alkoholozean den Tropfen klaren Wassers zu suchen, der mein Wille ist. Ich bin müde.

Wie angenehm. Als ich herkam, ging es mir schlecht, Peter. Ich stolperte an Tausenden von Grabsteinen vorbei, um dich zu finden. Jetzt muss ich mich belohnen, denn ich bin durch das Land der Trockenheit zu dir gekommen. Der trockene, der nasse und der normale Verstand, jeder ist eben ein anderer Verstand. Wer soll meinen Verstand verstehen?

Drüben findet ein Begräbnis statt. Hoffentlich das letzte heute. Hier ging es den ganzen Tag rund. Der Herr in der Tracht, begleitet von zwei Ministranten, schwenkt ein Töpfchen hin und her und her und hin. Er sollte es mal herumwirbeln! Den Mund bewegt er. Ich bin sehr sehscharf, habe ich genügend intus. Nur in meinen Ohren knackt und reißt es. Das wird der Splitt gewesen sein. Meine Trommelfelle sind betäubt.

Hinter dem Würdigen schreiten junge Weiber. Eine große Schar, wahrscheinlich Studentinnen – mein Gott, wer hat die denn verlassen? Sie üben wohl feierliches Beerdigen eines Kommilitonen. Eine alte Dame stützen sie – wie die in der Mitte auf Krücken schwebend mit der Schar mitgleitet. Nein, einfach zu viele Helfer für eine Hilfsbedürftige, das sieht wie ein Überfall aus. Die Alte kommt auf ihren Krücken besser voran, als ich ohne.

Wenn ich mir das so vorstelle: Auf Flaschenkrücken gestützt schwebe ich durch die Stadt. Rings um mich Bäume, die dicken grünen Flaschen ähneln. Die Türme der Stadt – schlanke Weingläser. Die Hoch-hoch-Häuser – umgestülpte Sektkelche. Überall Parabolspiegel aus Glas. Ich sitze unter einer glitzernden Antenne und gehe auf Empfang. Mein Programm wäre: Nieder mit dem Alkohol! Nieder mit jeder Flasche im Land! Sollen sich die Häuser und Türme biegen! Eine klirrende Welt ist das, ich brauche nur mich zu nehmen.

Zum Wohl, meine jungen Damen, ich grüße Sie!

Ich, ein Nichts! Meine Damen, sollten Sie heute zu später Stunde den Popo Ihres Geliebten oder den schmalen eines Ministranten umklammern, dann denken Sie bitte daran, auch er wird eines Tages zu Staub und Asche werden. Drücken Sie nur fest zu, meine Damen, denn vergänglich ist das große Glück. Irgendwann wippt der schönste Arsch nicht mehr! – Er entschwindet als Gott.

Eine schaut zu mir. Hoffentlich will sie mir nicht helfen. Ich muss mich zusammennehmen, sonst jagen die mich mit ihren guten Hilfsangeboten fort. Mein Abgang wird eine Blamage. In der Verwaltung werden sie mir ein Friedhofsverbot aussprechen – auf Lebenszeit.

Was für Verbote es gibt! Ich bin kaum eine Woche auf Fuseltrip, da haben sie mir tatsächlich in zwei Kneipen »Gaststättenverbot« ausgesprochen. Für die Straßenbahnlinie 5 wurde mir ein »Mitfahrverbot« ausgesprochen. Zwei Straßenbahnfahrer bezeichneten es so an der Endschleife. Ich bin doch nur einen Abend im Kreis gefahren. Die Bahn hatte mich fast nüchtern geschaukelt. Träger eines »Bergzooverbotes« bin ich seit einer Woche. Da staunst du, he, Peter? Vorige Woche, als meine Trinkerei begann, meine Periode, würde der Doktor sagen, bin ich mit Brenner-Norbert losgezogen. Ich dachte, dass es dir gut geht, Peter. Du hattest immer so wenig Zeit für mich. Ein Herrenspaziergang. Wir blieben vor dem Eisbärenzwinger stehen. Ich hatte das Bedürfnis, eine Wette abzuschließen. Kaum hatte Norbert eingeschlagen, da sprang er über die Absperrungen, brüllte furchtbar laut, balancierte neben dem ausbetonierten Wassergraben entlang und schlug einem Eisbären gegen die Brust. Es puffte dumpf, der Eisbär brüllte: Maaah – und setzte sich auf seinen Stummelschwanz. Der war fertig vor Schreck und ich natürlich auch. Ich hatte zehn Mark verloren. Als Norbert wieder bei mir war und ich ihm die zehn Mark gab, da stürzte die Garde des Zoodirektors heran. Ich spüre noch heute den Schmerz am Hinterkopf.

Es kann doch nicht wahr sein, dass du nicht mehr lebst, nein! Peter! Peter, komm, wir spinnen uns ein Märchen aus.

Ich bin der dicke, gemütliche Koch, der mit einer supergroßen Kelle lebenslang Rotweinsoße abschmecken muss. Du bist das Dornprinzchen, das jahraus, jahrein im Turme schlummert. Du hattest zuviel Rasierwasser oder Parfüm getrunken. Strafe muss sein. Eine fette Fee will uns erlösen. Sie wird von Stachelhecken aufgehalten, und sie kommt und kommt nicht durch, denn ach, diese Hecken sind moralisch. Die Fee hält ein Schraubglas in der feinen, fleischigen Hand. Es ist gefüllt mit gelben Kapseln. Jawohl, Peter, damit kann sie dich erwecken. Was sind die Stacheln doch spitz und boshaft. Sie wachsen so schnell nach wie die Vorurteile. Sie schafft es nicht, die gute, dicke Fee, und ich kann meine Suppenkelle nicht aus der Hand legen, um euch zu helfen. Mich hat der Teufel zum Verkosten verurteilt, der Idiot. Nein, es ist keine Kelle, es ist eine durchsichtige Flasche – keulenförmig, blau etikettiert und mit ein wenig Eiskorn gefüllt. Peter, wir geben es auf, es wird nichts mit dem Märchen. Ich kann dich nicht zurückholen, lieber Freund. Zum Trost nehme ich einen Hieb aus der Flasche. Ich habe Vorrat hier – und zu Hause die ovalen, gelben Kapseln. Jetzt eine Zigarette und dann ein Stündchen schlafen. Darf man auf einem Friedhof ruhen?

Ich müsste essen, sonst reißt mich der Schnaps um. Ja, ich gehe in eine Kneipe und werde was Vernünftiges essen. Dann stelle ich mich aufs Essen um und höre mit dem Trinken auf. Dafür brauche ich Zeit. Essen, um nüchtern zu werden? Zurück führt nur noch der Weg über ein immer langsameres Trinken. Kontrollverlust, nein, nein, der Filmriss ist nicht gemeint, meine Herren, würde Frau Kern sagen. Der Kontrollverlust – Ihr Feind – ist das nicht mehr steuerbare Verlangen nach Alkohol. Ja, ja, Frau Kern, ich weiß es. Dieses Nicht-mehr-hören-Können auf die innere Stimme, die »genug« sagt. Ich kenne diese Stimme genau. Ich will sie hören, damit sie meinen Willen beeinflusst. Es ist zwecklos. »Ruhe sanft« steht dort geschrieben.

Sanft mit einer Tonne Erde auf dem Bauch. Leben wird besser sein, als sanft ruhen …

… Ich bin abgerutscht. In meinem Kopf dröhnt der Schmerz. Ich muss geschlafen haben. Unwirklich, die bizarren Schatten, die über mir tanzen. Regentropfen fallen von den Birkenblättern herab mir in den Mund. Sie schmecken nicht. Regentropfen schmecken scheußlich.

Ich muss meinen Kopf vorsichtig anheben. Als ob ein Knüppel im Genick steckt und es versteift. Knorrige Stämme, Gebüsch und schemenhafte Steine schweben zwischen gleißenden Lichtpunkten vor mir. Der Friedhof ist leer, die Gräber sind so kalt. Sie atmen Eis aus. Abendnebel steigt hoch. Er schleicht auf mich zu. Warum sitze ich hier? Gierige Finger greifen nach meinem Hals. Lachhaft. Ein feuchter Schleier schwebt über den Edeltannen. Ich schwanke einen Moment. Eine grau-gelbe Säule. Die Flasche brauche ich nicht mehr. Sie ist doch leer. Warum halte ich sie in der Hand? Ich kann sie fallenlassen. Anderthalb Flaschen – leer.

In meinem Kopf nebelt es. Sehr zäh, meine Gedanken. Ein Labyrinth im Kopf. Wo sind die Menschen, die Straßen – wo ist mein Bett?

Die Erinnerungen, Peter, das ist die eine Sache. Die andere ist, die Flaschen muss ich nun selber aufheben. So, an der Bank halte ich mich fest. Bänke sind vielseitig. Ich muss gehen. Den Weg finde ich. Mein Körper muss nur funktionieren.

Ich möchte nur wissen, warum die Leute vor einem dunklen Friedhof irrsinnige Angst haben? Ich bin da ein anderer Kerl. Angst habe ich nicht. Ich bin eher vorsichtig. Bestimmt gibt es keinen Ort auf dieser Welt, der sicherer ist.

Leute, die nicht trinken – es soll sie geben – denken immer, dass unsereiner blöd ist und nichts mehr wahrnimmt. Wie sie irren, was, Peter? Ich trinke mich sogar nüchtern, sollte es darauf ankommen. Wir, Peter, würden sogar noch unseren Tod überleben, hinge nicht der dumme Körper dran. Dein Körper hat dich ins Grab gezogen, mein Freund. Wieso, frage ich dich. Ich muss mich von dir verabschieden. Meine Arme breite ich aus, bin ein Kreuz unter Kreuzen: Guten Abend. Die langen Reihen der Gräber verdoppeln sich und wachsen ins ferne Laternenlicht. Mit zugekniffenem Auge wachse ich mit auf dieser Straße aus Licht.

Peter, ich kann es nicht glauben, dass du tot sein sollst. Ich komme wieder. Ich liebe dich, Peter. Machs gut. Machs gut.

Ja, ich schleppe mich dem Ausgang zu. Geht es mir gut? Mir geht es gut! Ich habe nur zu viel Gewicht. Die grün-schwarze Wand vor mir weicht zurück. Der Splitt unter meinen Sohlen ist kaum zu hören. Seltsam. Dort ist das Tor.

Heute früh war es höher. Ich falle – fett bin ich, schwer bin ich. Gehe hin – gehe her, ich. Kreuz und quer – die Straße lang. In meinem Mantel! Ich gehe die Richtung, die mein schwabbelnder Bauch mir zuweist. Nicht der Nase nach, dem Bauch nach musst du gehen. Ich höre meine Stimme. Die Flaschen klirren in der Tasche.

»Ein einsamer Sänger bin ich – ein Pianist – ihr Leute!« Die Gruppe und die Frau Kern habe ich weggesteckt. Ha – der Doktor liegt weiß und leer auf dem Friedhof, und Peter Brauer ist in der Wassertonne ersoffen.

Es ist schön, ein einsamer Mensch zu sein. Einsamkeit ist nicht peinlich. Vor mir biegt sich die Straße. Ich trete sie. Sie windet sich. »Schlange du!«

Eine fremde Stimme. Sie klingt kalt. Was wird gesagt? »So ein besoffenes Schwein.«

Das war nicht an mich adressiert, sollte es aber doch so sein, dann geht diese Person sehr fahrlässig mit sich um. Muss sie mir vor die Beine laufen? Sie geht schneller, diese Person. Ich gehe ihr nach. Soll warten, ich hab mit ihr zu reden.

Wo bin ich jetzt? Der Johannesplatz könnte es sein. Meine Stirnhöhle schmerzt – oder sind es die Augen? Diese Person, das Singen oder das Denken ist schuld daran. Bald bin ich zu Hause. Ein Strahlenkranz, die Straßen. Sie beben unter meinen Schritten. Ist das eine stumpfsinnige Stadt. Kein Leben hier. Die Straße ist gewellt. Es ist nicht mehr weit. Ich muss schlucken. Tak-tak-tak, meine Schritte. Das Wasser im Mund, wo kommt das Wasser her? Der Schlucken hüpft in meiner Kehle auf und ab. Dort die Wand – dagegen lehne ich mich. Sie wird schon nicht umfallen, die Wand. Eine Wand aus Glas, also eine Fensterscheibe. Erst die Stirn kühlen, dann wird mir besser.

Unten drückt es. Alles fließt – hat auch ein Philosoph gesagt. Es fließt mäßig und unphilosophisch. Weiter mit dir, Naumann, bald bist du zu Hause. Wo stecken meine Zigaretten? Die Streichholzflamme blendet. Das Schaufenster eines Bäckerladens.

Nächste Querstraße um die Ecke herum, dann habe ich es geschafft. Wohltuend die Luft. Der Regen kam gerade richtig. Die rechte Zeit für frische Luft. Luft für mich, damit ich klarer sehe und denke. Es geht abwärts, um den Laden herum. Meine Straße, mein Haus. Ich habe es geschafft. Immer die Tasterei nach dem Lichtknopf, und das nur, weil ich im Hinterhaus wohne. So, schön vorsichtig. Im Hausflur ist es dunkel wie im Loch der Löcher. Wo ist der Lichtschalter?

Vor drei Monaten war nur ein Drittel in der Lohntüte. Das finanzielle Loch, es ist das schwärzeste aller Löcher. Paarmal habe ich es mit Schrott gestopft. Schrott ist wertvoll. Ich bin aus Schrott.

Verflucht, hier steht was! Es ist der Kinderwagen von Buschendorfs. Der steht immer hier. Wenn der hier steht, dann ist der Lichtschalter dort drüben. Der hat hier nichts zu suchen, der braucht hier nicht zu stehen, den zerquetsche ich, den Kinderwagen. Jetzt rollt er weg. Meine Knie – hier ist der Lichtschalter. Nanu, jemand hat schon?

»Muss das sein, Herr Naumann?«

»Frau Buschendorf, der steht im Wege!«

»Ich glaube, Sie sind sich eher selbst im Wege.« Was die sich einbildet, die Buschendorf. Den Wagen rollt sie wieder in die gleiche Ecke.

»Was soll denn das? Der kann woanders stehen!«

»Unser Kinderwagen stand noch nie woanders. Guten Abend!«

So eine Frechheit.

»Na hören Sie mal, ich will hier durch, den Schalter finde ich nicht, und ich stoße dagegen. Schieben Sie Ihren Scheißwagen in den Keller oder in ihre Wohnung. Man stößt sich ja die Knochen daran kaputt!«

Das hat gewirkt. Jetzt bleibt die Buschendorf auf der Treppe stehen. Aha, ihr Alter. Wie er sich lauernd hinter seine Alte stellt. Sein Turnhemd ist zu kurz, und prall sitzt die Badehose.

»Es wäre besser, Herr Naumann, Sie verschwinden, und lassen Sie unseren Kinderwagen stehen!«

»Ist ja schon gut, Herr Buschendorf, schon gut. Entschuldigung, ja.«

Sie gehen die Treppe hoch. Vor ihrer Wohnung, auf dem Podest, dort werden sie stehen und warten, bis ich über den Hof bin. Das Licht ist ausgegangen. Wäre Norbert Haber hier, der würde es ihnen zeigen. Meine Knie zittern. Der Stoß vorhin, der war nicht schlecht. Das war kein Kinderwagen, das war ein Panzer. Ich muss nur noch über den Hof, dann habe ich es geschafft. Licht blitzt auf. Es wird hell. Blaue Flammen tanzen um mich herum. Ich greife nach einer kalten, blauen Flamme, doch sie weicht zurück. Hier wohne ich, über einer Werkstatt. Das blaue Flackern zeigt mir den Weg. Im gleichen Rhythmus wie ich gehe. Die Flämmchen sind nur dort, wo ich hinschaue, und sie schwanken mit mir mit. Der Lichtschacht strahlt mich an. Mein Treppenhaus. Ach Gottchen, ich bin gleich zu Hause. Den Schlüssel müsste ich mal nachschleifen.

Hoppla, zu die Bude. Ihr könnt mich alle mal am Arsche lecken, tra-la-la-rumms. Die leeren Regale, daran muss ich mich noch gewöhnen. Die schönen Bücher, sie sind futsch. Lieber hätte ich den Kühlschrank verkauft. Kaputt ist er. Ein guter, aber leider defekter Kühlschrank. Vorige Woche ist er in den Eishimmel eingegangen. Brenner-Norbert, der dumme Hund, hatte den Schrank ausgestemmt. Das war, bevor wir in den Bergzoo gingen.

Ein Glas, zwei Löffel Salz ins Wasser. Schmeckt ekelhaft, soll aber helfen. Pfui Teufel.

Na, was haben wir noch? Die Vitamine liegen im Kühlschrank, die grünlichen Dragees auch. Wie viel gelbe Kapseln habe ich? Eins – zwei – sieben, zwölf Stück. Doktor Freiberg vertraut der Frau Kern sehr, oder war es Absicht? Alle wollen mir einreden, ich dürfte nie wieder einen Tropfen Schnaps trinken. Jedes Mittel ist denen recht, mich davon abzubringen. Die Medikamente reichen weder zum Umsteigen noch zum Aussteigen. Sie reichen nur zum Lindern, teile ich sie richtig ein. Bin ich erst im Abklappern, dann hauen mich die Distras aus dem gröbsten Entzug heraus. Ich qualifiziere mich zum Kunsttrinker. Kontrolliertes Trinken soll es auch geben, eine Methode, die aber nicht verbreitet werden darf. Der Staat würde dann zu wenig Steuern einnehmen. Eau de Cologne hatte es in der Gruppenstunde herausgestottert. Das sei seine Vi-Vi-Vision vom Markt. Eau de Cologne war ein diplomierter Volkswirt. Vielleicht ist was dran an seiner Meinung. Doktor Freiberg wollte allerdings davon nichts wissen. Kontrolliertes Trinken gäbe es nicht, behauptete er. Die Ärzte und die Lehrer, die wissen eben immer alles besser.

So, zwei Dragees müssen genügen. Vielleicht noch eins. Man kann nie wissen. Und, wenn der Schlaf erst nach Stunden kommt, ich liege ruhig.

Ich muss essen. Eine Büchse Schweinefleisch mache ich mir auf. Der Topf könnte auch mal wieder Wasser vertragen.

Morgen spüle ich das Geschirr und räume die Wohnung auf. Das Fleisch rühre ich mit Kräuterlikör an. Dann bleibt es im Magen.

Es ist kalt im Zimmer. Wieso hatte der Buschendorf eine Badehose an? Ich friere im Mantel. Sieht meine Wohnung aus! So kann ich sie doch nicht verlassen haben? Sonst stand das Radio auf dem Ofen. Bei mir hat einer eingebrochen! Wo ist mein Geld? Hundert-fünf-und-dreißig! Alles Scheine.

Hier liegt nichts. Die Regale, auch nichts. Natürlich, ich hatte knapp zweihundert Radatten. Das kann es doch nicht geben, das darf doch nicht wahr sein – ich brauche das Geld! Ich brauche die hundert-fünf-und-dreißig! Peters Bücher, dort könnten sie sein. Nein, nur zwei Briefe. Die kenne ich nicht. Das Buch habe ich ja noch nicht gelesen, kein Wunder. Zugeklebt sind die Briefe, aber noch nicht adressiert. Für mich – das glaube ich nicht. Die Bücher habe ich schon lange. Es werden keine Abschiedsbriefe sein. Vielleicht ist Geld drin? Das macht Peter Brauer nichts aus. Nein, kein Geld. Wo ist mein Geld? Auf dem Schrank?

Zu blöd, meine Füße werden steif. Das gottverdammte Mittel beginnt zu wirken. Doktor Freiberg hat mal gesagt, es beruhigt das periphere Nervensystem – mitunter bis zur Lähmung der Extremitäten. Ich weiß zwar nicht genau, was das ist, aber in ein paar Minuten werde ich kaum noch laufen können. Na, was sehe ich denn da, na-na-na! Im Blumentopf liegen die Scheine obenauf.

Meine Beine! Ich gehe nicht mehr, ich rolle hin und her. Das Radio, ach, ich lasse es. Schlafe ich ein, dann jubelt die Kiste die ganze Nacht. Dann kommt die Polizei. Der Beamte, der duzt mich und sagt, er wäre mein Freund, aber auch unter Freunden würde es mindestens einen Hunderter Ordnungsstrafe kosten. Neulich hat er gesagt: Schon wieder? – Musste das sein, Michael? Er seufzte, und ich versuchte, den Preis fürs Anhören der

Pastorale herunterzuhandeln. So schwerhörig, wie der Beethoven war, sind die meisten Leute eben nicht. Na ja, nicht jeder kann sich ein Konzert mit voll aufgedrehten Lautsprechern für einen grünen Schein leisten, dazu noch nachts um zwei mit der Polizei vor dem Haus.

Erhebend schmeckt das Essen nicht. Im Fleisch ist zuviel Fett. Ich hätte Pfirsichgeist zuschütten müssen. Alkohol spaltet Fett. Schwere Säufer sind oft magere Leute.

Was sind das eigentlich für Briefe? Peter an Susanne. Offenbar nie abgeschickt. Er schreibt aus der Klinik. Ist nicht mein Fall. Für sogenannte Indiskretionen bin ich wenig geeignet. Hat er sich für den Brief geschämt? Nein, nein, ich gehe in keine Klinik, ich nicht! Was soll ich dort? Mich kaputtmachen lassen von den Ärzten? Ich will kein Versuchskaninchen sein. Ausruhen von der Welt, das ist ja nicht schlecht, aber so? Nein! Weg mit dem Brief.

In drei Tagen höre ich mit dem Trinken auf. Klinik, das trifft doch nicht auf mich zu. Ob ich schon morgen aufhöre? Nein, ich muss langsam aussteigen. Ganz allmählich, nur so schaffe ich es, sonst geht es mir schlecht.

Meine Finger krümmen sich um meine Füße, die kalt und fast leblos sind. Das macht nichts. Heute bin ich genug gerannt. Die Flasche ist noch in der Manteltasche. 0,5 Liter, Frau Kern. Vielleicht brauche ich noch einen Schluck zum Einschlafen. Nachher. Pinkeln muss ich. Wäre ich doch vorhin gegangen. Verflucht, ich komme nicht mehr hoch. Ich kann doch nicht auf der Matratze. Meine Beine knicken weg, einfach so.

Peter, morgen wird alles anders werden. Ich räume meine Bude auf, gehe zur Firma und überzeuge Weißenbach – wovon? Ich werde es mir morgen überlegen. Einiges ist schon in Ordnung zu bringen. Ob die es mit Peter schon wissen? Frau Kern wusste auch nur, dass er verunglückt ist.

Peter, du hast dich umgebracht. Auch Frau Kern wird es mir nicht ausreden können. Na klar, du hattest die Schnauze voll von allem. Eindeutig. Bei dem Leben – Mensch! Trotzdem, es ging dir gut in der letzten Zeit. Ach, ich weiß es nicht.

Die Kern, die hat mir diese mistigen Dragees gegeben, ich wollte aber mehr gelbe Kapseln haben. Ausdrücklich habe ich ihr versichert, dass ich Urlaub mache, Urlaub. Sie würde sonst die Firma anrufen. Da bin ich sicher. Die stecken doch alle unter einer Decke. Na ja, jedenfalls sah sie mich so an, als ob sie mir alles glauben würde. Erst wollte ich noch am gleichen Tag zum Friedhof. Ich hätte mich aber angeschmiert. Peter, wo hätte ich dich finden sollen?

Das Nachdenken hat keinen Zweck. Gegen diese Mauer aus weicher, endloser Watte in mir kommt nichts und niemand an. Einen kleinen Schluck werde ich nehmen. Nur nicht zu viel. Es ist meine letzte Flasche. Die brauche ich morgen noch. Die drei kleinen Schnapsflaschen, die sind morgen auf einen Ritt weg. Sinnlos, sie heute auszutrinken. Ich pumpe sie zusätzlich in mich hinein, und der Schnaps macht mit mir nichts mehr. Vielleicht bringen mich die Dragees in den Schlaf?

Eine Zigarette rauchen. Meine Finger sind steif. Die Streichholzschachtel klemme ich zwischen die Knie. Es geht, ratsch, so was von Leistung, das bringt nicht jeder fertig. Eigentlich geht es mir gut, es fehlt nur ein bisschen an Bewegung, bis zum Waschbecken wenigstens. Ich muss mal. Ich bin ein stilles Gefäß, in dem hochprozentiger Alkohol und Pharmaka-Schnee verbrennen. Aber nicht alles wird umgesetzt, ein Teil muss abfließen.

Noch einen Minischluck, der gibt Kraft. Der Gürtel klemmt. Ich schaue nicht hin und werde an die hellblaue Wassertonne auf dem Friedhof denken. Den Topf muss ich schräg halten. Ich hätte die Dragees noch nicht einnehmen dürfen.

Heute mache ich alles verkehrt. Von wegen Kunsttrinker, Kunstpisser, dazu reicht es gerade. Trotzdem, ich werde nicht verkommen. Eines Tages werde ich die Wände tapezieren. Es würde gut riechen in der Bude. Bloß den Topf weit weg von mir.

... Was würde ich dafür geben, wäre ich jetzt nüchtern. Der erste, der zweite, eventuell der dritte Rausch ist solide, aber dann, Peter, warum bist du nicht nüchtern geblieben? Du konntest doch sowieso nicht mehr saufen. Junge, du warst doch am Ende. Hättest du mit mir zusammen gesoffen, wärst du besser gefahren. Bestimmt hast du gekippt, bevor du abgegangen bist. Diesmal hätte ich durchgehalten und dich rausgeschleppt.

Wie mich das Zimmer anekelt. Die Kippen liegen wie gesät. Der süßliche Gestank. Überall die leeren Flaschen. Die letzten zwei Nächte hatten es in sich. Eine ganze Woche habe ich mit dem Fusel gespielt, kokettiert und was weiß ich noch alles. Es wird mit mir ernst, Peter. Vielleicht sollte ich doch in eine Klinik gehen. Aber, was ist schon gut an einer Klinik? Eine Frau im Bett, das ist eine gute Sache. Mit einer jungen Schwester im Rollbett liegen und Zigaretten rauchen. Der Stationsarzt würde uns schieben und mit uns herumalbern. Die Klinik würde er mir erklären. Der Doktor hat Freibergs Gesichtszüge. Er lächelt und verabschiedet sich. Eine Alkoholprovokation endet mit dem Herzstillstand. Soll er gehen, der Arzt. Die Schwester ist bei mir. Ich möchte Herr Jedermann sein und sie mein rettender Engel. Ich wünsche mir ein Paar Flügel und bekomme sie ...

Ich flattere mit der schlanken Schwester durch Krankensäle. Die Krankenschwester im Brautkleid und ich im Arbeitsanzug. Oh, ein gigantischer Saal schließt sich vor uns auf. Hier liegen sämtliche Alkoholiker und Idioten dieser Erde. So großartig baut nur Gott. So pompös und so riesig.

Dort liegen Männer und unendlich viele Frauen. Die Schwester will mich fortziehen, doch meine kurzen, knorrigen Flügel ziehen stärker. Sie ziehen uns hinab. Wie eine gewaltige Hornisse stehe ich senkrecht in der Luft, und unter mir, dort liegt ein junger Mann oder ein Kind. Es sieht durch mich durch, und es spricht ununterbrochen. Ohne aufzuhören. Gnädig höre ich zu, verstehe aber nichts und entschließe mich, das plappernde Kind anzusprechen. Es hört nicht auf mich. Es liegt in einem Gurtbett, und darüber ist eine dicke Sanduhr befestigt. In ihr rutscht eine weiße, grau-rote Masse – das ist Gehirn. Schleimig glitscht und schlemmt es durch den Glashals. Die Kavernen des Hirnes glätten sich durch das Gewisper wie unter winzigen Erschütterungen und die Masse formt sich zum Strang.

Die Schwester wendet sich ab. Ich muss zusehen. Ich muss sehen was passiert.

Der rotbleiche Strang berührt den Glasboden und bedeckt ihn allmählich. Hastiger flüstert das Kind. Die Vibrationen laufen heftiger ab. Jetzt zuckt und bäumt sich das Hirn im oberen Glaskolben. Gleitend fällt es durch die Röhre und bleibt auf dem Boden der Sanduhr formlos liegen. Ich will fragen, doch der Mund des Kindes bewegt sich nicht mehr.

Im Nachbarbett liegt ein Kerl wie ein dösendes Rind. Er ist so gewaltig, dass die Arme vom Bett herabhängen. Ich flattere näher und rüttle diesen Menschen. Er bewegt sich nicht, und wütend darüber, dass er nicht reagiert, ziehe ich meine letzte Nullkommafünfer Schnaps aus der Arbeitsjackentasche und schlage sie ihm auf den Schädel. Er öffnet ein Auge, grinst mich an und winkt ab.

Überall liegen Männer, die auf mich wie Gletscher wirken. Neben ihren Betten hängen Plastikflaschen. Aus ihnen fließt Schnaps in die wächsernen Gesichter. Die Schwester sagt, der Tropf lässt nach. Und dahinten? Nur eine Frau sitzt auf der Bettkante. Wie schön ist sie, und sie bettelt mich um gelbe Beruhigungskapseln an. Aber meine brauche ich für mich. Mein Flügelschlag wird stärker. Eifersucht verleiht Kräfte.

Dort geht ein Pfleger. Der Gang zwischen den Betten fließt am Horizont zusammen. Ich frage den Pfleger nach Propanol, ich muss meine versengten Flügel kühlen. Die Schwester nickt dazu. Der gute Mann greift in die Kitteltasche und reicht mir eine braune Flasche. Sofort löse ich mich von meiner Krankenschwester und entschwebe in die Höhe. Immer höher fliege ich, öffne die Flasche und schlucke. Im Feuer des ersten Schluckes verbrenne ich und stürze in die Tiefe.

Ich liege in einem gemachten Bett. Laken und Decke kühlen. Neben mir hockt ein alter Mann. Er onaniert und flüstert heiser: Ikarus, geliebter Sohn, komme herunter. Ich erwidere, sein Sohn müsste oben schweben.

Ich bin ein guter Patient. Meine Schwester flattert um mein Bett und singt. Ihre Finger zupfen an den Saiten einer Harfe. Ich scheuche sie fort, denn ich bin mit einer neuen Krankheit beschäftigt, und darum sollte sie sich gefälligst kümmern.

Er hat recht, sagt der Pfleger und tritt an mein Bett. Im Mittelpunkt all unseres Strebens steht der Patient. Er zieht eine Sprayflasche aus der Kitteltasche und sprüht den Onanisten an. Der löst sich auf. Nun habe ich das Bett für mich allein. Besorgt dienert der Krankenpfleger und fragt, ob die weißen Elefanten schon durchgekommen wären.

Nein, antworte ich, aber die würden bestimmt bald durchkommen. Ich erhebe meine Stimme: Bringen sie mir bitte ein Tablett. Ich wünsche fünfsternigen Kognak und ein geschliffenes Glas. Bitte kein Propanol!

Sehr wohl, Herr Michael. Er lacht und geht. Ich plane und verwerfe meinen Selbstmord. Das ist ein trauriger Zustand, bemerke ich, und die Schwester nickt traurig dazu. Sie steigt auf und nieder, singt dabei Psalmen und lässt ein Hosianna erschallen. Wie bringe ich mich um? Eine Hälfte meines Gehirnes, es ist die rechte, wird allen meinen Suizid mit der Rasierklinge vorgaukeln. Glauben sie mir nicht, dann werde ich ihn durchführen. Die linke Hälfte sehnt sich nach Schnaps.

Hallo, Pfleger, wo sind Sie geblieben? Na endlich. Er bindet mir einen Sabberlatz um. Wegen der Hygiene, Herr Michael. Er hat meine Sorte gebracht und stellt mir den Kognak samt Tablett und geschliffenem Glas auf den Bauch.

Wohl bekomms, Herr Michael! Ich danke ihm rülpsend. Er lächelt freundlich.

Ich trinke in langen Zügen und kühle meine brennende Brust. Mein Magen saugt den Kognak in sich hinein. Eine Pumpe. Mein Bauch schwillt an. Ich schließe die Augen. Mein Mund krampft sich nach innen, und da kommt es. Das hat es noch nie gegeben!

Die Fontäne, die aus meinem Mund herausschießt, steigt irrsinnig schnell in die Höhe, und vergeblich flattert die wunderschön singende Schwester davor her. Der geballte Strahl erreicht sie, fetzt ihren Kittel weg, prallt gegen ihren weißen Hintern und hebt sie hoch und höher. Die Schwester entschwindet auf meiner Kotz-Fontäne zwischen klumpigen Wolken mit einem frommen Schrei ins All. Mir stehen die Tränen in den Augen, und lachen muss ich – lachen. Ich habe mich verschluckt und muss ersticken. Niemand hilft! Endlich kommt ein Pfleger. Er streichelt über meine feuchte Stirn. Herr Michael, sind die weißen Elefanten schon durch?

Wieso?

Sie sind ein hoffnungsloser Fall! Er richtet die Sprayflasche auf mich. Ich hebe die Hände, doch es ist zwecklos. Ich falle. Im freien Fall sortiere ich meine Glieder. Mein Bauch, mein Glied und mein Kopf formieren sich zu einem Gebilde. Wurstig schwelle ich an, und ich falle. Das ist also die Hölle. Hier blitzen und schillern Chrom und Stahl. Greifer packen mich und ziehen mich in einen Tunnel hinein. Ein warmer Hauch bläst mich durch die Röhre und ich schwebe langsam auf eine Glasplatte zu. Wieder kommen die stählernen Arme und wenden mich. Ich soll geröstet werden. Kontrolllampen blinken heftig.

Eine Porzellansäule beugt sich über mich. Meinen Kopf drehe ich mit den Händen. Mein Gesicht lächelt die biegsame Säule an. Es ist zu spät. Blitze schlagen in meinen zerspringenden Körper. Sie suchen den irren Lebensfunken in mir und laden ihn neu auf. Meine Hände sind überall.

Plötzlich herrscht dumpfe Dämmerung. Ich spüre die Nähe des Todes. Ich schreie ihn an. Er kommt wieder, er umhüllt meine Füße, meine Beine und fließt um meinen Bauch. Er will mein Herz berühren. Ein greller Blitz blendet mich. Was an mir lebt, ist mein Glied, das sich mächtig aufrichtet. Frauen fallen auf mich, und ehe ich sie festhalten kann, verschwinden sie im Tunnel. Ich federe hoch und greife ins Leere. Einen Schritt, einen zweiten gehe ich, und ich stürze …

Unter mir liegen fremdartige Gegenstände. Weit öffne ich die Augen, um nach ihnen zu sehen. Alles rings um mich flimmert …

Es ist Nacht. Mühsam hebe ich den Kopf und versuche mich im Dunkeln des Zimmers zurechtzufinden. Flaschen klirren, als ich die Ellenbogen nach vorn schiebe. Vorsichtig stemme ich meinen Oberkörper hoch, ziehe die Knie an und stütze mich am Schrank ab. Als ich mich aufrichten will, schlage ich hin. Ich taumle hoch, gehe an den Wänden entlang, unsagbar langsam und beharrlich, schiebe meine Beine in die Küche, mich überall abstützend.

Ich stoße gegen den Kühlschrank und beginne, in der Finsternis im Schrank zu kramen. Ich hebe das Schraubglas, halte es gegen das schwache Licht, das durch das Fenster dringt, und drehe den Deckel behutsam auf. Mit beiden Händen drücke ich den Glasrand an meine Lippen. Zwei Kapseln fallen auf die Zunge. Ich würge und schlucke. Sie bleiben drin.

Ich knie mich hin und krabble auf allen vieren ins Zimmer zurück. Das Schraubglas mit den Kapseln klappert in meiner Hand.

Einen Schrei stoße ich aus. Er geht ins Weinen über. Mir laufen die Tränen und blind drücke ich die Matratzen zur Seite. Sie riechen säuerlich. Ich drehe mich um und falle auf den Rücken. Es poltert und kracht unter mir.

Ich weine. Ich höre mir zu. Aus meinen Augen fließt das Wasser. Es schmeckt nach Salz. Laut und hemmungslos heule ich. In meiner rechten Hand zittert die Flasche. Ich nehme einen mit Tränen vermischten Schluck, hebe das Kinn und biege den Rücken durch. Steif und gespannt wie eine Blattfeder liege ich da, Erschütterungen durchbeben mich schwer und gleichmäßig. In mir macht sich ein schweres Gefühl der Süße breit – eine große Wollust. Ich sauge an der Flasche und weine. Ich weine. Irgendwo splittert Glas. Unter mir …

Katastase I – VI

»Katastase« I–VI, 2011 entstanden
Monotypie auf Japanpapier,
Format: 70 x 50

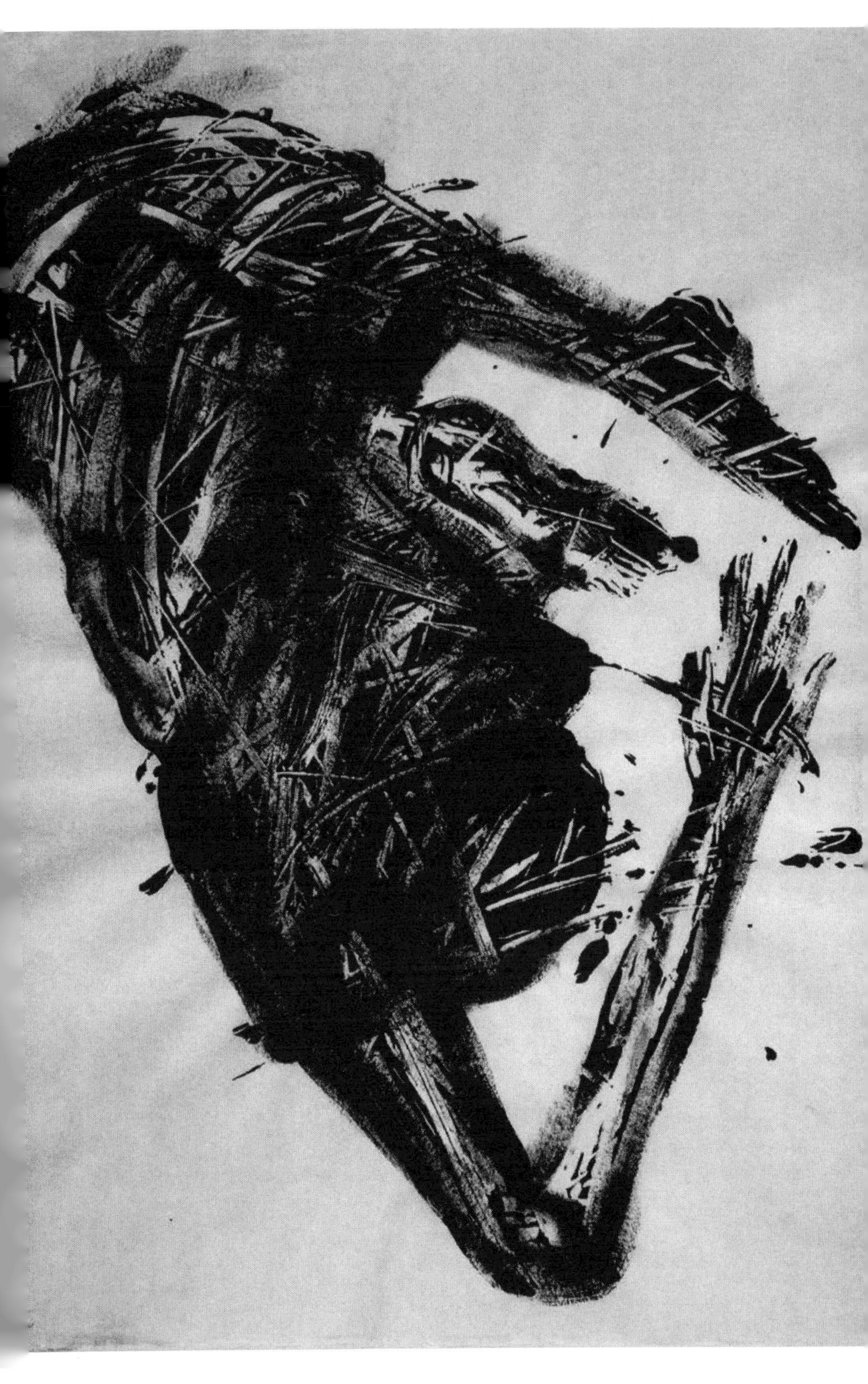

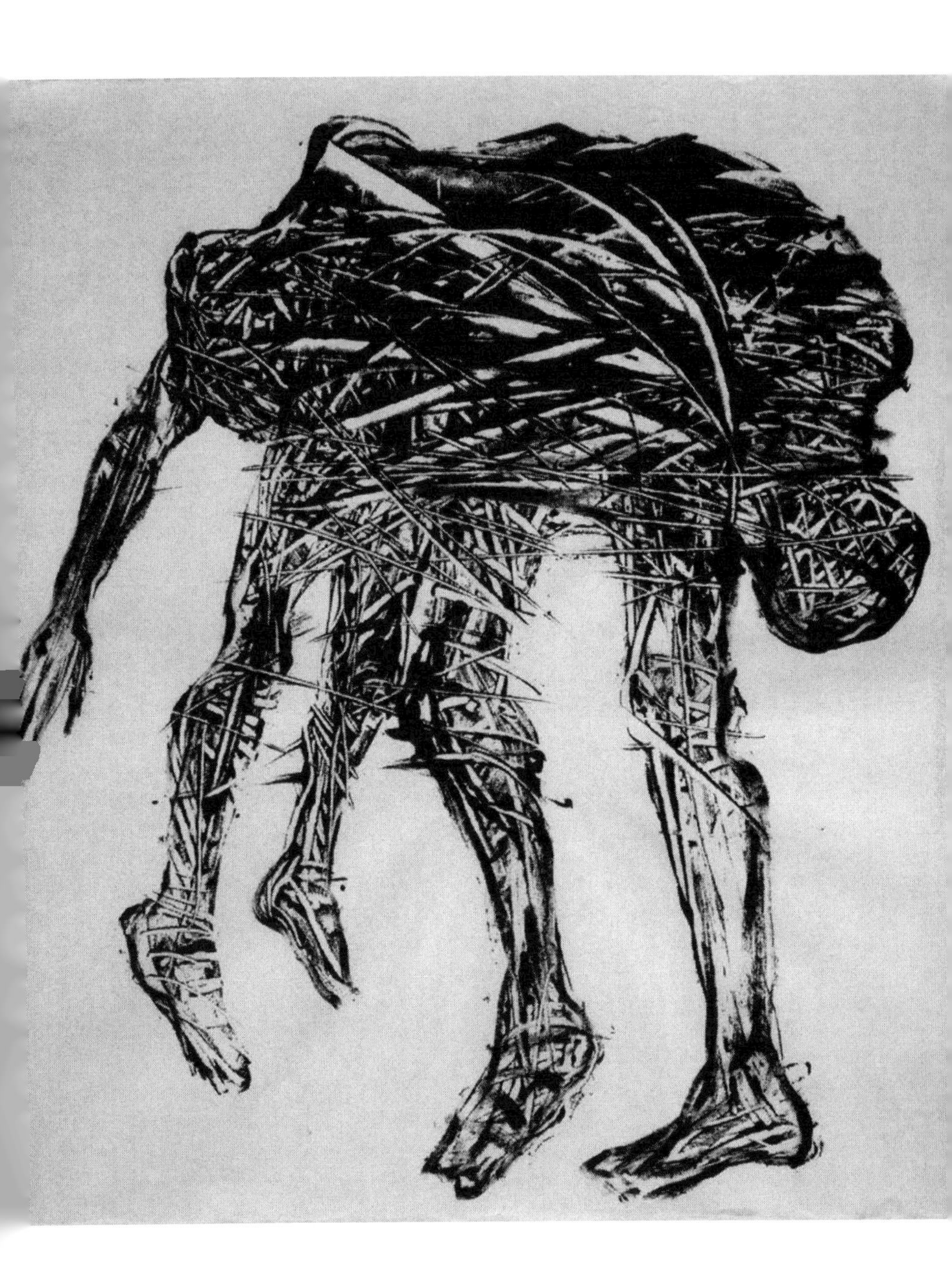

Die kalte Stadt

Meine Augenlider sind verklebt. Mit zitternden Fingern reibe ich, bis ich verschleiert die Dinge im Zimmer wahrnehme. Unter mir, in der Werkstatt, bedienen sie die Zuschneidemaschine. Sie brummt und summt in monotoner Folge. In meinem Kopf surrt sie auch. Die Schuster stellen Latschen her.

Ich beobachte meine Hand. Sie zuckt im Gelenk und gibt dem Daumen den Impuls, nach meinem Zeigefinger zu schnappen. Die Hand will ein Eigenleben führen. Ich lasse das nicht zu und zwinge sie zu einer Bewegung, die zum Hosenbund führt. Ich fordere mich auf, meinen Hintern zu heben und mich seitlich zu drehen. Mit der linken Hand – sie ist ruhiger – fummle ich den Gürtel durch die Schnalle, bis ich es fein klicken höre. Ich habe es geschafft, ich bin angezogen.

Ich richte mich auf und halte mich am Schrank fest. Ich ziehe mich hoch, bis ich stehe. Ich schlurfe breitbeinig in die Küche. Ich schwenke die Kühlschranktür auf und betrachte gierig meine Vorräte. Meine Hand flattert zur zerknautschten, bunten Schachtel. Die Verschlüsse mit dem Abziehring sind praktisch. Die Hersteller haben ein Herz für flatternde Finger. Ich schütte die kleine Pfirsichgeist in den Mund, halte die Flüssigkeit, und meine Backen blähen sich. Ich drücke den Schnaps in meinen Schlund.

Es ist immer so, bin ich erst im Suff: Ich schüttle mich, ich krümme den Oberkörper nach vorn und erschrecke, weil der Alkohol nicht im Magen bleiben will. Ich bäume mich auf, verschlucke mich, und zwischen krampfartigen Hustenreizen und würgenden Brechanfällen kämpfe ich um den ersten Schluck Schnaps.

Das wären die Spasmen und der Vagusnerv, sagte Doktor Freiberg einmal. So einfach ist das. Die Tränen haben meine

Augen munter gemacht. Ich gehe ins Zimmer zurück und taste mit argwöhnischen Blicken den Fußboden ab. Da sind sie ja, die gelben Kapseln. Ich würge zwei herunter und gehe wieder in die Küche. Jetzt ist der Wodka dran und nach dem Frühstück der Weinbrand. Unbeschwerter verlasse ich die Küche, denn der Wodka ist in mir. Meine Zigaretten, da sind sie. Machen die Schuster einen Krach in der Werkstatt. Am frühen Morgen noch dazu. Das Radio werde ich anmachen. Mal hören, wie das Wetter ist und was sonst noch passiert ist auf dieser Welt. Es gibt da Sachen: Forscher trugen grüne Sonnenbrillen und hielten die Arktis für eine Wiese – drei Mann erfroren! Amerikanische Wissenschaftler führen den derzeitigen Höchststand der Arbeitslosigkeit auf eine Bahnabweichung des Pluto zurück! Ein Tennismeister der internationalen Spitzenklasse musste zum Startpodest getragen werden, da er vor Kraft nicht mehr laufen konnte! Ein Konzert wird übertragen – und das lasse ich jetzt an.

Eine Scheibe Brot essen. Ich muss essen, sonst macht mich der Hunger verrückt. Wer kräftig trinkt, der muss einen vollen Bauch haben. Das Brot wird mehr und mehr im Mund. Mir ist so, als ob meine Zähne in die Länge wachsen. Das Zeug quillt auf und drückt gegen den Gaumen. Unten, die haben eine Pause gemacht. Jetzt schneiden sie wieder Sohlen für Latschen. Dieser Jesus hat die Speisung der Fünftausend bestimmt mit Alkoholikern durchprobiert. Mit Leuten, die sich im dritten Aggregatzustand befanden und für die eine Speisung lediglich einen Destillationsvorgang bedeutet. Ein Happen ist herunter. Der genügt, mehr kann ich nicht essen.

Wieso ist Peter nicht mehr am Leben? Hat ihn das Trinken fertiggemacht? Ach, ich war gestern zu voll. Wie war eigentlich alles? Vorgestern hatte die Kern zu mir gesagt, dass Herr Brauer verunglückt sei. Ja, vorgestern. Das kann doch nicht wahr sein! Und gestern? – Das war nur Spuk. Ich bin auf dem Friedhof gewesen, das weiß ich, denn ich habe dort anderthalb Flaschen getrunken. Vorher war ich in der Verwaltung.

Nur mit Peter, das kann nicht stimmen, ich kann es nicht glauben. Das ist doch heller Wahnsinn! Vor knapp zwei Wochen haben wir einen Nachmittag im Terrassencafé gesessen. Es war wie immer. Er hätte nur sehr wenig Zeit, sagte er damals.

Vielleicht belügen mich alle, damit ich mit dem Trinken aufhöre? Ein Komplott könnte dahinter stecken. Die Kern hat es mit Brauer abgesprochen, und das auf dem Friedhof war nur eine mittelmäßige Inszenierung, um mir einen Schock zu verpassen. Einen Kranz und eine Karteikarte fälschen, was ist das schon?

So, ich habe gefrühstückt. Pfirsichgeist öffnet den Magen und Weinbrand schließt den Magen. Heute wird alles anders werden. Meinen Spiegel werde ich langsam nach unten drücken, um dann in den nächsten Tagen auszusteigen. Doch vorher überprüfe ich die Sache mit Peter. Kann sein, er ist tatsächlich verunglückt. Wie ein Schwein würde ich mir vorkommen, würde ich mich nicht um ihn kümmern.

Meine Wäsche muss ich wechseln. Hätte ich eine Frau, die würde sich um den Kleinkram sorgen. Alles muss ich selber machen. Im Schrank sehe ich fast nichts. Mein Zimmer ist zu dunkel – Hinterhaus, hintenraus. Ich räume nachher auf. Das Hemd ziehe ich an. Eigentlich ist es nicht schmutzig.
Es riecht kaum nach Schweiß, aber es sieht aus wie der magere Hintern eines Totengräbers. Einmal werden ja bessere Zeiten auf mich zukommen. Heute muss es so gehen. Hosen, andere Hosen brauche ich. Die ich angezogen habe, sind fleckig. Die dunklen, die sind in Ordnung.

Ich hebe ein Bein und sehe mein schaukelndes Geschlecht. Es reagiert nicht und ist genauso müde wie mein Verstand. Die gelben Kapseln wirken, und wenn ich mich nicht anschauen würde, wäre ich jetzt zufrieden.

Ich hätte ein Mädchen werden müssen. Meine Mutter ist eine harte Frau, und ich wäre dann auch eine harte Frau geworden und kein gefühlsbetonter Mann, der zu viel trinkt.

Ich funktioniere selbsttätig und nehme den Besen. Langsam geht alles voran. Wie es klirrt und scheppert. Wir haben Sommerzeit. Die Matratze muss auf den Sims. Nur nicht zu weit und schön vorsichtig. Die Sonne wird die Matratze trocknen. Ja, die Sonne ist für alle da und nicht nur für die Tomaten der Kleingärtner. Besser, ich verschwinde vom Fenster. Da werkelt schon wieder einer mit seinem Nachbarn um die Wette.

Topf und Teller gehören ins Waschbecken. Wie fremd und unwirklich sich alles in meinen Händen anfühlt. Eine Zigarette muss ich rauchen, sie ist mir näher.

Nein, wie die da unten pochen und klopfen. Gleich gehe ich. Nur noch das Geld mitnehmen. Die Bücher von Peter? – Ich werde nur noch meine verkaufen. Die Briefe bleiben in seinen Büchern. Ob die Sache mit Peter wirklich stimmt?

Das Geld nehme ich mit. Nein, Fünfziger brauche ich auch, wer weiß, was kommt. Die Welt ist so tückisch. Der letzte Schein bleibt im Blumentopf. Hoffentlich vergesse ich ihn nicht. Mitunter kommt es vor, dass ich Kleinigkeiten vergesse. Drei Kapseln nehme ich mit. Sie liegen wie ein kurzer Bleistift in der Brusttasche. Ich werde das Hemd offen tragen, damit die Kapseln nicht schmelzen.

Eine Ruhe herrscht im Treppenhaus. Die Schuster beobachten mich. Sie bohren ihre Blicke wie Nägel in meinen Nacken, der sich aus Protest versteift. So will er nicht angesehen werden. Ich zieh meinen Hals ein und mache große Schritte, um schneller über den Hof zu sein. Mein Nacken zittert wie Gelee, und dieser neue Zustand pflanzt sich in der Wirbelsäule fort, erreicht die Beine, die mir nicht mehr zu gehören scheinen, und schlackernd verlasse ich den Hof. Ich schlage das Tor zu und bleibe hastig atmend stehen. Für mich braucht sich niemand zu interessieren. Ich brauche keine fremden Blicke! Ich schrecke zurück und streife den Mauerputz, der an meinem Ärmel einen weißen Streifen hinterlässt. Hier steht sonst Buschendorfs Kinderwagen. Ich möchte auch ein kleines Kind sein und herumgefahren werden. Eine Klapper würde die Pulle ersetzen, und die gelben Kapseln, die würde ich nicht mögen, denn ich hätte Mutters kräftige Brust. Frau Buschendorfs Busen – ihr Enrico hat mein ganzes Mitleid.

Nein, so was, Frau Sonne knallt eine Hitze auf die Straße. Da habt ihr sie, die Wärme. Menschen, ich gebe sie euch umsonst. Würdet ihr das begreifen, dann brauchtet ihr keine Psychiater um Streicheleinheiten anzubetteln. Die liebe, liebe Sonne, wie sie mich kitzelt, und wie der sanfte Wind an den Lindenblättern herumspielt. Ich muss niesen und gehe in den Tag hinein. Der ganzen Stadt muss ich entgegentreten. Ein Gewimmel. Komische Menschen, sie schleppen ihren Kram, und doch, sie haben Zeit, mich anzusehen und zu mustern. Erst dann blicken sie weg. Warum nur, ich habe doch nichts, was ihr gebrauchen könntet? Meinen Oberkörper drücke ich nach vorn durch. Über meiner Brust spannt sich das grüne Hemd. Sehe ich so gefälliger aus? Ja, ich bin Naumann. Sie schauen flüchtiger über mich hinweg, doch gänzlich lassen können sie mich nicht.

Ich möchte stehen bleiben, jemanden festhalten und sagen: Ich bin nicht der, für den Sie mich halten. Ich bin ein anderer. Aber, wie viele Leute sollte ich festhalten und erklären: Guten Tag, ich bin nicht der … Guten Tag, ich bin nicht der … Krampfhaft umspielt ein Lächeln meine Lippen. Auf der Brücke bleibe ich stehen. Ich beuge mich über die Brüstung. Für Sekunden fühle ich mich allein auf der Welt und lache mein verzerrtes Spiegelbild an. So ein Dreck. Drüben treibt der Dom im Wasser. Die Sonne glitzert ölfleckig. Sechshundert Jahre soll der Dom schon stehen. Eine rot-gelbe Straßenbahn steigt im Wasser hoch. Sie ruft hinter meinem Rücken, als sie in die Kurve zieht: Komm miiit, komm miiit! Ja, ich komme. Der letzte Wagen streift mich fast. Ich erschrecke nicht. Die Stadt hat mich geändert. Ich auf den Gleisen, das wäre eine äußere Situation. Eine Situation für die Leute. Meinen zerteilten Körper würden sie betrachten. Lust und Angst hätten sie im Blick. Ich gehe über den Marktplatz. Die Stadt ist nicht gut zu mir. Sie will mich nicht verstehen, und sie ist mir gegenüber unaufmerksam. Sie ist kalt zu mir. Ach, die Stadt, sie ist mir egal. Und sollte ich im Schnaps ersaufen, dann möchte ich ihr auch egal sein.

Heute ist Freitag. Lohntütenball. Ich muss mich setzen. Die Luft ist heute stickig. Sanft dreht sich der Marktplatz. Was ist los mit mir? Ein Mann bleibt vor mir stehen und schaut mich an. Er soll gehen. Ich atme tief durch. Meine Brust spannt das Hemd. Er winkt ab und geht weiter. Mit meinen Schwierigkeiten werde ich allein fertig. Die sanfte Drehung des Marktplatzes kommt zum Stillstand. Auf dem Platz gehen die Menschen weiter. Wie immer und unaufhörlich. Ich spüre mein Gewicht. Ich erhebe mich plötzlich. Erst will ich nicht und gehe zögernd, bis meine Schritte zu eilen beginnen. Meine Hand sucht den Hals, fährt und fühlt über den Kehlkopf – er schmerzt. Nein, es ist nicht nur der Kehlkopf. Ein heißer Schmerzstoß verengt den Hals und die Brust. Mein Atem bleibt stehen, obwohl ich nach Luft schnappe. Die aus der Brust in den Kopf schießende Angst treibt mich eiliger an. Ich sehe einen Laden. Ich stoße die Tür auf, lasse die Körbchen stehen und greife sofort in die Kästen. Vier Flaschen klemme ich unter meinen linken Arm. Mit der rechten Hand suche ich die Geldstücke aus der Hosentasche. Ich wollte zur Limonade greifen, doch mein Arm senkte sich wie von selbst in einen Bierkasten. Ich nehme das Wechselgeld, lasse es in die Brusttasche gleiten und bin im Nu wieder auf der Straße. Drüben, am Hochhaus, ist eine kleine

Parkecke. Röschen bilden eine Girlande; ich gehe hindurch, übersteige das graue Krokodil im Sandkasten und wähle die mittlere Bank. Sorgfältig stelle ich die Flaschen auf die geharkte Erde, setze mich und nicke meinem Banknachbarn zu. Wir sind allein. Wie er aussieht. Ein Typ von einem Säufer. Sein Haar ist fettig und steht im Nacken hoch. Seine porige Nase ist blau-rot. Er reicht mir seinen Öffner. Es knackt und faucht unter meinen Händen. Ich spreize die Beine und lege meinen Kopf weit in den Nacken. Das Bier spült die Angst in den Bauch hinunter. Dort kühlt sie ab und verteilt sich. Der Kerl nickt mir anerkennend zu, als ich die zweite Flasche öffne und sie mit langsamer werdenden Schlucken leere.

»Der erste Schluck heute?«

Ich setze nochmals die Flasche an. Eine kleine, schillernde Blase zerplatzt zuletzt im Flaschenhals. In mir staut sich ein wenig Druck und bläht meine Backen auf. In meiner Hand fühle ich Kühles und spüre das Gewicht der nächsten Flasche. Einen kurzen Schluck nehme ich nur und schaue meinen Banknachbarn dankbar an.

»Heute früh habe ich schon, aber nicht viel.«

Er nickt mir zu. Aus einem Sack hebt er ein Netz.

»Hier, willst du einen kaufen?«

Ich möchte schon. Blumenkohl, das ist was Gutes für einen versauten Magen. Schön weich gekocht, vielleicht noch mit brauner Butter übergossen.

»Nein, lassen Sie mal. Ich bin unterwegs.«

»Dann nimmst du zwei und das Netz. Das Netz ist nicht schlecht. Es hält was aus.«

Er zeigt mir das Netz und lässt es über seine rissigen Finger kräuseln. Ich sehe mir das Netz genau an und überlege. Es wäre ja nicht schlecht, mit einem Netz über den Fabrikhof zu gehen. Das sieht sogar ordentlich aus, richtig nach Krankheit.

Doch, wie kommt ein Netz mit zwei dicken Köpfen Blumenkohl in die Firma und danach in meine Wohnung? Tragen muss ich es!

»Es ist richtig, das Netz ist nicht schlecht.« Ich lasse es über meine Fingerkuppen gleiten. »Es ist ein sehr gutes Netz. Geben Sie mal den Blumenkohl – einen.«

Ich nehme das Gemüse, lege es auf meine hohle Hand und wiege es. Der Kohl ist weiß, hart und schwer. Sorgfältig betaste ich die buchtigen Buckel, knipse ein Sträußchen weiße Masse ab und lege es auf meine Zunge. Vorsichtig beiße ich darauf, wiege meinen Kopf hin und her und spucke den zerkauten Brei aus.

»Hier, ich habe besseren Blumenkohl gesehen. Wenn Ihrer der bessere wäre, ich hätte ihn glatt gekauft, wirklich, sogar im Netz.«

Er schaut mich nachdenklich an, hebt eine Schulter und lässt sie geringschätzig fallen.

»Ich habe noch mehr. Du kannst sie dir aussuchen. Heute früh war ich auf dem Feld. Vor Sonnenaufgang. Einen und das Netz?«

Warum handelt er mit mir? Versteht er mich nicht?

»Nein, ich hatte es schon gesagt. Hier, Kumpel – nimm!«

Ich halte ihm die angetrunkene Flasche Bier hin. Sozusagen als Trost.

»Komm, wir trinken auf deinen Blumenkohl, du wirst ihn schon noch los. So schlecht ist er ja nun auch wieder nicht.«

Er nimmt mein Bier und trinkt es aus. Er scheint über den leidigen Blumenkohl nachzudenken. Kann der Kerl überhaupt denken?

»Wenn er nicht so schlecht ist, warum nimmst du denn keinen? Ich gebe ihn dir billig ab.«

»Nun komm, nun höre mal auf.«

»Und mein Blumenkohl, der taugt nichts – oder wie?«

»Das hab ich nicht gesagt. Ich meinte damit nur, dass ich besseren Blumenkohl gesehen habe.«

»Wo? Wo hast du besseren Blumenkohl gesehen? Das möchte ich jetzt wissen!«

»Na ja, wo war es denn, in der Südstadt draußen.«

»So, so, denkst du dir. Glaubst du also. Ich werde dir mal was sagen, du Spinner, gestern habe ich vor einem Laden in der Südstadt gestanden und meinen frischen Blumenkohl verkauft, jawohl, Blumenkohl von einem deutschen Feld! Du lügst, du Schwein!«

»Ich und lügen, – und das mit dem Schwein, das lässt du besser!«

Ich weiß genau, dass ich jetzt meine Augenlider zusammenkneife und den Kerl mit starrem Blick fixiere. Er legt Netz und Blumenkohl in den Sack zurück, duckt sich und schnellt von unten hoch. Seine rissigen Finger umklammern meinen Hals. Ich packe seine Handgelenke und drehe sie nach außen. Mit meiner rechten Hand fahre ich ihm an die Kehle und drücke mein Kinn gegen die Brust. Nun habe ich beide Hände frei und fasse zu. Eine Bierflasche klirrt.

Stumm und endlos lange schauen wir uns in die Augen und drücken mit unseren Händen fest zu. Mir fällt das Atmen schwer, aber auch ihm, er läuft dunkelrot im Gesicht an. Er hat braune Augen. Seine Finger sind kräftiger als meine. Ich habe mehr Kraft in den Armen, und es gelingt mir, ihn nach hinten zu drücken. Der Blumenkohlsack fällt um. Beide drücken und schnaufen wir.

Fast gleichzeitig sehen wir einen kleinen Jungen, der in unser Blickfeld läuft und auf das Krokodil klettert. Dort bleibt er sitzen. Er schaut uns zu. Seine Mutter tritt durch die Röschengirlande und ruft: »Karl-Friedrich, komm bitte sofort zur Mutti!«

Der Satz schwingt und klirrt in meinen Ohren. Wir lassen voneinander ab und richten uns auf. Er schaut mich bösartig an, doch er reicht mir den Flaschenöffner. Ich kippe den Verschluss ab und rücke von dem Kerl weg. Es ist ihm recht, auch er rückt dem Bankende auf seiner Seite zu.

Als wir die Flaschen absetzen, sehen wir die Uniformen. Mein Banknachbar sagt:

»Erst den Blumenkohl mit angebratenen Semmelbröseln bestreuen und dann braune Butter drauf.«

Ich schlucke verkrampft und nicke.

Die Polizisten stehen noch einen Moment. Der mit dem Sprechfunkgerät sagt einige Worte zu der Frau.

»Keine besonderen Vorkommnisse«, sage ich halblaut und proste mit der Flasche. Ich möchte lachen, doch es gelingt mir nicht. Ich gluckse und kollere nach innen los. Der Kumpel lacht leise mit.

Sie verschwinden. Wir schauen uns mehrmals an, doch der Abstand zwischen uns bleibt. Ich gähne und sage leichthin:

»Ich muss gehen. Hast du einen Fahrschein?« Er nickt und greift in seine Hosentasche.

»Was willst du dafür haben?«, frage ich. Wir sehen uns nochmals in die Augen. Er antwortet nicht. Die leeren Flaschen werde ich stehen lassen. Das Pfand kann er sich als Entschädigung holen.

Ich sehe Menschen vor mir, die Stadt hat mich wieder. Ich fühle mich besser. Das Bier tat mir gut, und ich spüre, wie ich wachse. Es kommen und fahren die Straßenbahnen, dicht nacheinander. Meine Bahn kommt nicht. Warum soll auch gerade meine Bahn kommen? Ich werde warten und zünde mir eine Zigarette an. Die Stufen am Denkmal gefallen mir. Ich setze mich. Erregt kreisen meine Gedanken um eine Bilanz: Was habe ich heute geschafft, was habe ich heute noch vor?

Ich spüre die Sperre, die das Medikament in mir aufgerichtet hat. Doch je länger ich an den Säufer denke, der mir seinen Blumenkohl verkaufen wollte, um so mehr steigt mir die Wut in den Nacken, überflutet meinen Gleichmut und schwemmt meine Ruhe fort. Es treibt mich in die Höhe. Es ruckt heftig im Magen, als ich aufstehe, taumle und mich an dem Denkmal festhalten muss. Ich schleudere meine Zigarette in einen Papierkorb, remple zwei Damen an, teile ein Liebespaar mit eiligen Schritten. Die Straßenbahn, aus der Gegenrichtung kommend, bimmelt erschreckt.

Mit großen Schritten biege ich um die Ecke, zerteile vor mir Büsche und stehe in der Parkanlage. Meine Fäuste sind geballt. Nachdrücklich schlägt mein Herz und pumpt ungeheure Blutmengen in meine Arme. Wo ist der Kerl? Jetzt würde ich ihn erschlagen. Ich rüttle am Maul des Krokodils, doch es rührt sich nicht, und mich wirft es fast um. Ich trete an die mittlere Bank heran. Ich lege meine große Wut in einen Fußtritt, der die Bank polternd umwirft. Noch einmal blicke ich lauernd in die Runde.

Der Kerl ist tatsächlich verschwunden! Er hat Angst bekommen, das versoffene Schwein!

Meine Atemzüge werden regelmäßiger. Nun kann ich wieder gehen. Meine harten, verkrampften Fäuste schiebe ich in die Hosentaschen und gehe langsam zum Markt zurück.

So nicht – mit mir nicht! Wer bin ich denn? Ich bin ein Mann, der niemanden zu fürchten braucht. Das ist doch klar. Endlich kommt meine Bahn. Ich muss den Kopf einziehen. Sie wippt unter meinem Tritt, die Bahn. Der Triebwagen jault auf und wirft mich gegen einen Sitzplatz. Ich löse einen Fahrschein und versuche, ihn in den Schlitz des Entwerters zu stecken. Beharrlich fingere und fummle ich. Das Schleudern der Bahn nimmt mir den Halt. »Darf ich?« Ein Schulmädchen, das meine Tochter sein könnte, nimmt mir den Fahrschein aus der Hand. Geschickt streicht sie das lappige Billett glatt und steckt es in den Kasten. Sie reicht mir den Fahrschein entwertet zurück. Zwischen dankbar und blöd nicke und grinse ich. Sie flüstert ihrer Schulfreundin einige Worte zu und beide schauen mich an. Die Bahn hält, sie lachen und steigen aus. Der Schweiß bricht mir aus den Poren. Ich hasse Kinder, die mich auslachen.

Ich wende mich von den Leuten ab und stelle mich in eine Ecke. Die Bahn saust mit mir in den Norden der Stadt. Meine Finger flattern kraftlos in der Brusttasche. Ich halte zwei Kapseln zwischen meinen Fingerspitzen, lasse eine fallen, senke das Gesicht und schiebe das Medikament zwischen meine schlaffen Lippen. Der Schwächeanfall wirft mich fast um. Ich hänge an der Haltestange – ein willenloses Stück Fleisch. Was ist bloß mit mir los? Liegt es am gestrigen Tag? Entzugssyndrom, sagte Doktor Freiberg dazu, es ging um den Trinker Eau de Cologne. Ich habe es gelernt, jedes Dragee, jede Tablette und jede Kapsel trocken zu schlucken. Wie sie im Hals würgt! Eine ältere Frau bietet mir ihren Sitzplatz an. Erst als sie aussteigt, lasse ich mich darauf fallen. Hinter meinen Ohrmuscheln sammelt sich Schweiß und rollt in die Nackenhaare. Ein Anfall, es ist nur ein Schwächeanfall gewesen. Ich sollte Aufregungen meiden. An der Endschleife steige ich aus. Ich brauche noch Zeit. Die zwei Stationen laufe ich zurück.

Es geht mir besser. Mit jedem Schritt geht es mir besser.

Ich bin allein auf dem Bürgersteig. Ja, viele Menschen auf engstem Raum, das macht mich kaputt. Sie nehmen mir den Atem direkt vom Mund weg.

Da ist die Toreinfahrt. Ich weiß nicht, ob ich hineingehe. Warum eigentlich nicht? Das Geld vom Abschlag steht mir zu. Den Lohn soll mir Weißenbach auszahlen. Was man hat, das hat man, und damit hat es sich.

Drüben, in der Sonnenglut, rollt ein LKW aus. Das ist Robert, der aus der Fahrerkabine springt. Ja, er klappt die Motorhaube hoch. Das einzige, was er von der Welt versteht, steckt unter Blech. Ich gehe zu ihm. Jetzt klappt er die Motorhaube zu. Sein Verstand bleibt nun unter Blech. Ich werde ihn ausfragen.

»Hallo, Robert!«

Wie er mich anschaut, wie eine Eule!

»'n Tag, Michael. Lebst du noch?«

Er legt einen Schraubenschlüssel weg und schiebt mit dem Zeigefinger seine speckige Jeansmütze hoch.

»Klar lebe ich. Ich will zum Chef. Wir haben einen Termin.«

Ich lasse es offen, was wir voneinander wollen.

»Der Peter Brauer soll tot sein. Weißt du was darüber?«

Robert beugt sich vor, gähnt mich tief und ausgiebig an.

»Du bist gut! Wenn du nichts weißt, wer dann? Ihr habt doch oft genug zusammengesteckt.«

Ich winke ab, hole das Päckchen Zigaretten heraus und biete ihm eine an.

»Ich bin krank, nur stundenweise geht es mit mir gut. Ich hörte, Peter Brauer wäre verunglückt? Zur Beerdigung wollte ich, kam aber zu spät.«

Robert nickt. Was wird er denken?

»Tut mir leid, dass du krank bist. Hm, der Brauer, ein Sonderling mit einer mittelgroßen Meise, der soll früher mal was gewesen sein. Bauleiter, erzählen die Kumpel. Finde ich seltsam, dass er jetzt bei uns ist. Wir haben geahnt, dass mit ihm was nicht stimmt. Vorgestern hat uns der Alte erzählt, der Peter wäre abgekratzt, unter unwürdigen Umständen. Er hätte keine Familie und keine Freunde, der arme Hund.«

Abgekratzt hat er bestimmt nicht gesagt, nein, abgekratzt nicht. Freunde? – Er hatte doch mich. Aber das kann nur Weißenbach wissen.

»Wann hast du Peter das letzte Mal gesehen?«

»Mitte voriger Woche, glaube ich. Wir hatten 'ne fette Tour, danach haben wir gefeiert. Brauer machte sonst nie mit. Haben wir uns gewundert, als er gegen Mittag verschwand und eine große Pulle holte. Er trank nicht mit – schade, ich hätte ihn gern mal freundlich erlebt. Der war immer trocken, so ohne Witz, na, du kennst ihn ja. Uns sagte er, dass er gekündigt hätte. Eigentlich ein guter Mann, wenn es um die Arbeit ging.«

Was soll ich dazu sagen? Ich weiß doch, was mit ihm los war. Weißenbach müsste auch Bescheid wissen. Nein, Robert sage ich nichts. Das mit der Kündigung, das soll begreifen wer will, ich begreife es nicht. Dass Peter ein Trinker war, das braucht er nicht zu wissen. Robert schaut mich so neugierig an.

»Was mache ich mir einen Kopf. So, fertig!« Er wischt sich die Hände.

»Und, ist er wiedergekommen – nach der Feier?«

»Nee, einer hat ihn in der Schwemme gesehen. Er hat ins Glas gestiert und allein gesoffen. Hätte er mit uns haben können, wir haben auch ins Glas gestiert und gesoffen. Vielleicht war's eine Affäre oder so ein Ding mit einer Frau? Hau ab, ich muss jetzt fahren!«

Die Tür knallt. Der Motor heult auf. Ich springe zur Seite und stolpere. Beinahe wäre ich hingefallen. Der Idiot, früher hätte ich mit dem keine drei Silben gewechselt. Sechste Klasse und einen Zylinderkolben im Kopf. Die Zugmaschine rollt an und verlässt schwerfällig den Hof. Ich stehe allein auf dem weiten Platz. Frühmorgens parken hier zehn Fahrzeuge. Der Boden ist zerfahren. Weißenbach kommt und winkt mir zu. Ich höre nichts, Briketts rutschen in die Bunkertaschen und werden von schnarrenden Bändern erfasst, sortiert und in Folien verschweißt. Peters Arbeitsplatz. Ich zögere, denn Weißenbach dreht sich um und ruft einige Worte in die Staubfahne.

»Die werden heute entladen!«, schreit er und kommt näher. Weißenbach reicht mir die Hand. Sonst habe ich Kraft in meinen Händen, heute nicht.

»Komm mit«, sagte er, mehr nicht. Seit einer Woche der erste Händedruck. Ich ärgere mich heftig, aber lautlos, weil ich keine Kraft mehr habe. Ich trotte neben ihm her und schweige.

»Und, was ist mit dir?«

»Nichts weiter, ich bin krank.«

»Ach, und das fällt dir heute erst ein?«

»Lass mich doch, Alfred. – Peter ist tot.«

Weißenbach nickt mir zu. Ich stolpere, er fängt mich ab. Ganz nah ist sein Gesicht. Er steht vor mir und schaut in meine Augen. Mein rechtes Augenlid zuckt. Kurzzeitig breitet sich eine Lähmung über meine Wange aus. Ich stehe da, als hätte ich eine Ohrfeige bekommen.

»Du bist seit Tagen überfällig. Was denkst du dir bloß?«

Was soll ich ihm sagen? Uns schluckt der Mittelgang der Baracke. Er geht vor mir und reißt die Bürotür auf.

»Setz dich. Du wartest, ich muss telefonieren.«

Eine heiße Schwingung breitet sich in meinem Gehirn aus. Direkt unter der Schädeldecke, dort, wo ich mein Denken vermute. Die Schwingung durchfließt glühende Drähte. In meinen Ohren rauscht und knackt es. Die wollen mich rausschmeißen. Die entlassen mich. Der Alte wird kommen. Die entlassen mich fristlos. Meine Papiere sind vorbereitet. Das halte ich nicht aus. Ich werde gefeuert.

Ich fordere meine Hand auf, in die Brusttasche zu greifen. Nein, eine süßlich-muffige Wolke würde mich umgeben. Weißenbach braucht nicht alles zu wissen. Das mit der ambulanten Gruppentherapie vielleicht, das reicht schon – eigentlich ist das auch viel zu viel.

Ich bin schwerkrank. Eine Apotheke bin ich. Meine Augen sind dicke schwarze Pillen und möchten aus den Höhlen herauskullern. Ich bin nicht öffentlich, ich bin zu. Meine Nase ist eine Kapsel, die feindselig und blassgelb grinst. Ich spitze meinen Mund und lecke ihn mit der Zungenspitze ab. Er schmeckt metallisch. Ich halte die Augen geschlossen, und doch sehe ich Weißenbachs rundes, braun pigmentiertes Gesicht, sehe seine Halbglatze und seine dicken Finger.

Weißenbach hantiert am Apparat herum und quatscht. Ich öffne die Augen und genieße befreit das Herabrollen einiger Tränen. Er sitzt mir gegenüber und wartet.

»Ich war auf dem Friedhof. Peter liegt auf dem Friedhof.« Ich sehe die hellblaue Wassertonne, die flimmernden Birkenblätter, die Bank und denke daran, dass ich fristlos entlassen werde.

»Jetzt reden wir über dich.«

Meine Tränen fließen. Weißenbach, er ist ein harter Hund. Am Ende bin ich, total am Ende. Wieso sagt er »wir«! WIR, das können nur Mellmann, die Gewerkschaft und er sein. Ja, die können WIR sagen. Ich kann nicht WIR sagen. WIR, das wäre die Flasche, mein Körper, das arme Schwein, und ich – mein Verstand?

Hitzegefühle dringen in meine Augen und hauchen die Nässe weg.

»Du bist wohl herzkrank? Warum auch nicht, Herr Naumann! Du säufst wie ein Loch. Du hast bestimmt einen Stein in der Brust. Wir sind vor der Saison. Ich brauche jeden guten Mann.« Er brüllt: »Du Herzkranker, du säufst wie ein Loch! Warum gehst du nicht zur Beratungsstelle, so wie Peter?« Er wird leiser.

»Ich war oft dort. Nein, die helfen mir nicht.« Ich will aufstehen. Er schnaubt verächtlich. Was will er noch von mir?

»Das ist deine neueste Ausrede, was? Mensch, geh in die Klinik oder unter die Brücke! Ständig bist du blau! Ach, halt doch die Klappe. Was soll ich mit dir machen? Der Chef sagte schon, rausschmeißen!«

Will er über den Tisch springen? Er beugt sich weit vor, setzt sich wieder und grinst mich an. »Ich spreche mit einem Arzt. Er wird dich überzeugen, in eine Nervenklinik zu gehen. Dort lässt du dich entgiften, sonst fliegst du. Mann, wie du stinkst! Na, geh …« Jetzt macht er Nägel mit Köpfen. Ich muss ihm das erklären. Er kann mich doch nicht links liegenlassen! Ich knöpfe den Hemdkragen weiter auf. Ich stinke, hat er gesagt. Ich halte es kaum noch aus in diesem Raum. Besser, ich ziehe den Kopf ein, wer weiß, was kommt. Ich habe keine Nerven mehr. Meine Hand gleitet spielerisch über den Kragen und rutscht in die Brusttasche. Schnell verschlucke ich die Kapsel. Weißenbach hat es nicht gesehen oder er ignoriert es.

»Was soll ich mit dir machen? Schlage selber was vor. Hör auf mit dem Saufen, du verträgst es nicht.«

So ein Laie, der kann gut reden. Was weiß er davon, wie es mir wirklich geht? Der sollte mal in meine Haut schlüpfen, dann würde er ganz anders reden.

»Ich kann nicht aufhören.«

»Mensch, du kannst doch nicht bis an dein Lebensende saufen. Einmal muss Schluss sein. Eigentlich müsste ich dich fristlos entlassen ...«

»Rausschmeißen, hast du gesagt.«

»Das kann man dir nicht oft genug sagen. Noch einmal, dann ist Schluss. Dir fallen ja bald die Augen im Stehen zu. Weiter: Deinen Lohn zahle ich dir erst aus, wenn du nüchtern kommst. Falls du jetzt darauf bestehst, brauchst du nur noch zu kommen, um deine Papiere zu holen. Wir hätten einen Vorschlag: Du könntest auf dem Zentralhof arbeiten, hier bei mir.«

»Ich denke, du willst mich entlassen?«

»Ja, wollte ich, die anderen wollten es auch. Es wollen fast alle, die da ein Wörtchen mitzureden haben. Vielleicht hat uns Peters Tod verunsichert. Und – sobald du arbeitest, bist du ein guter Mann. Wir könnten dich gebrauchen – nüchtern!«

Er brennt sich eine billige Zigarette an. Für einige Sekunden wird es still im Büro. Ich sehe die abgeschabten Sessel in der Sitzecke, den verschlossenen Schrank. Auf dem Monitor steht eine Telefonnummer in den Staub geschrieben. Mein Blick bleibt am Fenster hängen. Es ist vergittert, wahrscheinlich wegen der Akten.

Ein feiner schwärzlicher Schleier steigt über Bunkertaschen hoch. Die Baracke raunt und vibriert.

»Was soll ich machen, Alfred?«

»Aufhören mit dem Saufen wahrscheinlich, und wenn es geht, für immer.«

»Ich schaffe es nicht. Vorhin habe ich dir noch sagen wollen – es hat keinen Sinn. Du kannst mich nicht verstehen. Ich kann nicht einfach mit dem Trinken aufhören. Das geht nicht.«

»Irgendwann musst du aufhören oder du bist tot. Sei froh, dass ich das kapiere. Nachfühlen kann ich das allerdings nicht. Ich saufe nicht. Ich habe noch nie Freude daran gefunden. Mein Bruder ist am Suff gestorben.«

In mir wird es bitterkalt. Es ist alles anders. Die letzte Nacht. Die wahnsinnigen Träume. Die unfassbare, lauernde Angst. Die Medikamente werden knapp. Was weiß der Kerl davon? Mich fröstelt. Feine Härchen richten sich steil auf. Fern, sehr fern läuten Glocken – mein Herz – meine Angst. Was hat er gesagt? Höre mit dem Trinken auf? Der Bruder ist am Suff gestorben? Vielleicht hat er Verständnis für mich.

Ich wippe nach vorn und stehe steif vor ihm.

»Mit Peter, das weißt du alles?«

»Sein Vater war bei uns. Er verzichtete auf die Teilnahme der Belegschaft. Die Beerdigung sollte im Kreise der Familie stattfinden.«

»Ich kann mir diese Kreise vorstellen.«

»Was soll das? Nein, der alte Brauer hat nur mit Mellmann gesprochen. Ich habe hier eine Adresse. Peter hat sie mir gegeben, falls mal was ist. Verheiratet ist er ja nicht gewesen, aber der Frau muss Bescheid gegeben werden. Von seiner Verwandtschaft sollte niemand die Adresse bekommen. Also, gehe du dorthin.«

Weißenbach reicht mir den Zettel, der vom Rechnungsblock für Anlieferungen stammt. Meine Hände zittern. Seine Freundin – hatte er deswegen so wenig Zeit für mich? Was hat die mit Peters Tod zu schaffen. Zögernd schiebe ich den Zettel in meine Brusttasche.

»Ich soll zu dieser Frau gehen?«

»Was hält dich davon ab? Es braucht nicht heute sein. Du hast Zeit bis Montag. Ich denke, du warst sein Freund?«

»Gut, ich gehe zu ihr.«

Weißenbach reicht mir die Hand. In seinen Augenwinkeln sitzt etwas Rätselhaftes – etwas Freundliches?

»Bis Montag, Alfred. Ach so, was ist mit meinem Lohn? Der Abschlag war doch fällig?«

»Sagte ich doch: Ich zahle ihn dir aus, wenn du dich nüchtern meldest, und pünktlich.«

Wir nicken uns zu. Ich gehe durch den dunklen Mittelgang. Das Gespräch lief anders – nicht wie üblich – ganz anders, als ich das erwartet hätte. Er will mir helfen. Weißenbach ist ein feiner Kerl, obwohl er so unfreundlich ist. Ich hätte mit ihm über alles reden sollen. Nein, dazu ist es zu früh. Sein Bruder ist am Suff gestorben. Ob das stimmt? Ich höre mit dem Trinken auf. Ich komme durch, ich schaffe es, ganz bestimmt werde ich es schaffen. Ein hässlicher Gedanke steigt in mir auf und breitet sich aus: Der Entzug wird auf mich zukommen und mit ihm die Angst vor dem Tod. Eine Kapsel habe ich bei mir. Fünf sind noch zu Hause. Es reicht weder zum Ein- noch zum Aussteigen. Nein, ich packe es. Schon wegen Alfred Weißenbach muss ich es packen, wegen Peter und wegen … na ja, ich packe es schon.

Peter, bis zuletzt hat er Weißenbach beschwindelt, das erklärt gar nichts. Ich begreife Peter nicht. War er so intelligent oder war er verrückt?

Nun vorwärts, Michael, tritt der sommerwarmen, feindlichen Welt entgegen. Beinahe wäre ich in ein Auto gerannt. Ich gehe zur »Schwemme« und frage mal, vielleicht sitzt einer von uns drin.

Die Kneipe ist leer. Der Wirt poliert Gläser. Er deutet mit einem Glas auf mich.

»Ein Bier?«

»Nein, kein Bier, eine Cola.«

Ich stehe am Tresen und nicke den leeren Stühlen, Bänken und Tischen zu. Mir fehlt das Knallen der Würfel, der Ruf »Lange Straße« oder »Sechser-Pasch«, und mir fehlt Peter, der immer in der gleichen Ecke saß und in der Kaffeetasse den Zucker verrührte, während ich von meinem beruflichen Abstieg erzählte.

»Sag mal, hat hier vorige Woche ein Kumpel eine mächtige Ziehung gemacht? Einer mit Vollbart, die Augen braun? Er trank sonst nur Kaffee.«

»Vorige Woche? Woher soll ich das noch wissen? Was willst du? Es ist gescheiter, du haust ab!« Wie genau er mich anschaut. Er kann es sich leisten, er ist der Wirt. Es fehlt nur, er würde behaupten, dass ich ihm das Geschäft versaue, obwohl hier kein Mensch sitzt. In Gedanken forme ich das schöne Wort »Arschloch«. Er trocknet sich die Hände ab, als ob er mich gehört hätte. Die Cola im Glas schaukelt. Ich stelle es auf dem Tresen ab. An der Tür holt er mich ein. Er hält mir die flache Hand hin. Ach ja, ich lege das Geld auf die breite Handfläche. Seine Finger kippen zum Handballen.

»Hau bloß ab!« Ich haue ab, vertrete mir den Fußknöchel auf den Stufen und humple zur Straßenbahnhaltestelle. Ich setze mich auf den Rand eines Papierkorbes und massiere meinen Fuß. Der stechende Schmerz verschwindet bald, doch ich sehe noch immer den beleibten Wirt vor mir. Die Worte »hau ab« trafen mich an meiner empfindlichsten Stelle.

An der nächsten Ecke ist eine bessere Kneipe. Eine der schönsten der Stadt, doch das wissen nur Kenner. Ich bin ein Kenner. Vorsichtig rolle ich meinen kranken Fuß im Sitzen ab. Ich erhebe mich, lasse die Straßenbahn sausen und gehe in den »Sargdeckel«. Vielleicht war Peter hier, bevor er seinen letzten großen Ausstand gab?

Der Raum ist kühl. Leise surren zwei Ventilatoren. Gundi, die Tochter der Chefin, bedient die Gäste. Drei steife, alte Herren und eine üppige Blonde. Umständlich setze ich mich und blase winzige Blütenblätter von der weißen Tischdecke.

»Tag! Ein Bier?«

»Lass es, Gundi, hat bei mir keinen Zweck. Kaffee bitte.«

»Nanu, ist dir nicht gut?«

»Komm mal her, ich muss dir was sagen.«

Sie beugt sich vor. Ich vertraue ihr mein großes Geheimnis an. Ich spreche leise, damit mich niemand hört.

»Gundi, ich will mit dem Trinken aufhören – endgültig aufhören!«

Erwartungsvoll schaue ich sie an. Sie lächelt, ihre Zähne schimmern.

»Ich bringe dir ein Kännchen, ist's recht?«

Sie geht zu den alten Herren und stellt dort ein Bier mehr hin. Das sollte mein Bier sein. Es ist das erste Bier, auf das ich freiwillig verzichtet habe! Ich staune über meinen Willen.

Wie wäre ich mit der Welt zufrieden, wenn ich nicht genau wüsste: Es ist noch nicht einmal ein Beginn. Mein Alkoholspiegel wird sinken, bis zu siebzig Stunden kann das Abklappern andauern, begleitet von Angstanfällen und Schreckensbildern, danach kommt das Höllenfeuer eines Delirs. Kleine Schweißperlen sammeln sich auf meiner Stirn. Noch hält mich das Medikament mit seiner dämmenden Macht ruhig. Ich schaffe es nicht, nein, das schaffe ich nicht.

Ich schaffe es doch. Ein paar Medikamente brauche ich nur. Ach, Weißenbach, wenn du wüsstest, wie mir zumute ist.

Gundi bringt den Kaffee.

»Danke, Gundi.«

»Meiner Mutter habe ich es erzählt, hinten, in der Küche. Sie sagt, wenn du dir helfen lassen willst, dann schaffst du es.«

So ein Unsinn, mir hilft kein Schwein. Ich schüttle den Kopf. Sargdeckel-Martha drückt mir die Daumen. Das macht sie nicht mit jedem Gast. Der Kaffee, ich muss ihn mit beiden

Händen halten. Gundi gießt nach. Sie lehnt sich an den Stuhl.

»Etwas Pflege, und aus dir wird ein brauchbarer Kerl. Du hast einen ganz schönen Tatterich.«

»So? Hier, ich bezahle gleich, sonst willst du mich noch ausziehen und ins Bett legen.«

»Warum nicht, aber vorher würde ich dich in die Badewanne werfen. In dir steckt ein ordentlicher Mann, hat meine Mutter gesagt.«

Ich brumme was von meinem müden Puller, der zurzeit nicht begeisterungsfähig ist, und das Wechselgeld schiebe ich in die Brusttasche. Gundi geht und lässt mich zufrieden. Ich lehne mich gegen den kalten Ofen. Das erfrischt, und ich schließe die Augen, taste mit der Hand nach der Kaffeetasse und brühe meinen Rachen mit kleinen Schlucken. Mir ist, als wenn heißes Leben in mich fließt. Das arme, böse Tier Naumann, es ist fertig und unfähig. Ich wollte ja nach Peter fragen, aber ich lasse es lieber. Mein Atem pfeift leise. Einer der alten Männer dreht sich um, begutachtet mich verächtlich grinsend und wendet sich ab. Halbtote Typen scheint er zu hassen. Gundi ist in der Küche. Sie ist wenigstens ein Mensch.

Der Kaffee klopft in meinen Schläfen. Ich vertrage ihn nicht. Vorsichtig drücke ich den Stuhl zur Seite. Ich gehe leise zur Tür. Ich schwanke und fasse neben die Klinke, stütze mich gegen die Tür und öffne sie. Die Sonne blendet herzlos und grell. Gerade kommt eine Bahn. Mir ist egal, wohin sie fährt. Hauptsache, sie rumpelt mit mir in die Stadt. Mit meiner Nase nehme ich klar und trocken Dutzende von Duftnuancen war. Die Sonnenstrahlen, ja, ich kann sie mit den Nasenlöchern einfangen und abriechen, sie riechen nach frischem Bäckerbrot und warmem Metall. Meine Nase, ich weiß nicht mehr, wo ich bin. Im heiteren Himmel drehen sich Häuser, die in Seitenstraßen fallen. Das Stadtviertel biegt sich in den Himmel hinein. Ich fahre in einer schimmernden Schale aus Licht und Schatten. Die Hitze krümmt die Straßenschluchten. Die Bahn dreht sich um sich selbst, schwenkt wieder in die Schale hinein. Die Menschen drehen sich um. Ich habe die Hand am Haltegriff und drücke wie verrückt die Öffnungstaste der Tür. Aus der Schale, aus der Bahn, aus diesem ganzen Raum muss ich hinaus, und ich brülle.

Endlich hält die Straßenbahn. Ich gehe mit hölzernen Schritten über das Katzenkopfpflaster. Ich falle. Wie eine Puppe stehe ich auf und denke ständig daran, dass ich nicht trinken darf. Jetzt nicht und später nicht. Meine Beine, wo sind meine Beine? Sie sind zu gefühllosen Stöcken geworden – darauf wackle ich biegsam und weich zu einer Wurstbude und hauche die Worte: »Ein Würstchen, bitte …«

Ich weiß nicht, warum, aber ich muss mich bewegen, etwas machen, mich von mir wegdenken, denn ich darf mich nicht dem Selbstlauf überlassen, der mich von Signal zu Signal in den Rausch leiten möchte. Ich konzentriere meine Kraft auf die Bockwurst. Wenn ich esse, dann überlebe ich. Ich beiße zu und muss den kitzelnden Brechreiz unterdrücken, doch dann kommt es. Vor mir steht ein Korb mit Essenresten. Mir platzen gleich die Augen aus den Höhlen. Scheißleben – du! O nein! Ich gehe hier auf dem öffentlichsten aller Plätze dieser Stadt kaputt. Hinter mir rasselt das Fensterchen des PommesStandes herunter. Ich bin keine gute Werbung, ich halte noch zwei Drittel in der Hand. Mit verträнten Augen sehe ich einige Leute, die mich mitleidig anschauen. Meinen Körper schüttelt es durch und durch. Himmel, es ist vollbracht. Der Platz, die Straßen und die Stadt, sie drehen sich nicht mehr. Alles steht wieder auf seinem Platz, ich kann das nicht mehr ertragen. Eine Straßenbahn bimmelt aufgeregt.

Schwankend mache ich mich auf den Weg. Ich gebe es auf. Ich habe keine Kraft mehr, mich zu wehren. In einer Kaufhalle suche ich Schnaps. Ich lege das Geld hin und verlange bunte Schluckflaschen und Zigaretten. Die Verschlusskappen reiße ich mit rüttelnden, aber starken Griffen ab und kippe mir das Zeug in den Hals. Tränen laufen über mein Gesicht. Mich interessieren die Menschen nicht mehr, die mich anstarren, sich Worte zuflüstern. Ich stecke die leeren Spaßmacher in die Hosentaschen und verlasse den verständnislosen Raum.

Der Einkaufswagen fliegt in meiner Hand hin und her und zieht mich zwischen Regalfluchten, die mir Marmeladen, Konserven, Kämme, Bücher, Wischtücher und endlich, endlich Bierflaschen anbieten. Ich greife zu. Jetzt erst kann ich an meinen neuen Anfang denken. Der Wagen rollt mit mir zurück. Ich lege eine Tube Zahncreme hinein. So werde ich ein neues Leben beginnen. Eine Flasche Haarwaschmittel nehme ich auch noch mit. Meine Kopfhaut juckt. Deutlich spüre ich, wie sich der Schnaps in mir ans Werk macht. Viel ist es nicht, auch nicht die fünf Bier, da sammelt sich noch nichts an. Morgen werde ich dem Arzt erklären, dass ich beim Abklappern bin und mich bis zum Montag stabilisieren werde.

Die Kasse macht mir Schwierigkeiten. Wo soll ich mit den Flaschen hin? Ein alter Folienbeutel, der macht es auch. Es wäre schade um die Flaschen, gerade jetzt, wo ich immer weniger trinken will. Irgendwas drückt im Hals. Ich muss hier raus. Hinter dem Platz der Klassiker ist eine Parkanlage mit einem Terrassenspringbrunnen in der Mitte. Ich habe was übrig für Wasserspiele.

Schwimmen gehen und eine prickelnde Brause trinken, wie gerne täte ich das jetzt, doch ich kann nicht, … ich kann nicht, … jetzt kann ich noch nicht. Ich verstehe es nicht, aber ich kann nicht plötzlich mit dem Trinken aufhören, heute schon gar nicht. Das halte ich nicht durch. Mein Körper hält das nicht aus. Wer ist mein Körper, und warum hält er das nicht aus, und warum halten das die Körper anderer Menschen aus, so ohne Bier und Schnaps? Wer und was hat mich dazu verurteilt, trinken zu müssen? Mir hat der Schnaps noch nie geschmeckt. Erst macht er froh, dann dumm und später krank. Woher soll ein Dummer wie ich die Einsicht nehmen?

Ich möchte stehen bleiben und wie ein Idiot in den Himmel schreien. Ich möchte herausschreien, dass die Menschen sich immer mit neuen Möbeln, Autos, dem Einkauf und dem Krieg befassen, sich aber nie mit mir beschäftigen. Nur einige Mediziner stehen für die Alkohol-Idioten Spalier. Meine Flaschen müssten wie Granaten in die Höhe fliegen und auf dem schönen Platz explodieren – aber vorher trinke ich sie aus.

Ich bin am Brunnen. Ein feiner Wasserschleier umspielt meine bloßen Arme und mein Gesicht. Das Wasser liebt mich, und später werde auch ich das Wasser lieben. Sollte ich herauskommen aus meinem Elend, dann werde ich zur Ehre des Wassers jeden Morgen ein Glas auf nüchternen Magen trinken und während des Schluckens daran denken, wie es war, als ich Ethanol soff wie ein Roboter Spezialöl. Ach was, ich bin ein Mensch und keine Maschine. Jetzt könnte ich vor mir ausspucken, aber ich habe keinen Speichel im Mund. Ja, ja – und die anderen? Sind das Menschen, kümmern die sich um mich? Die lassen mich doch glatt verrecken. Bald wird die Zigarette schmecken. Das Zittern kommt von innen. Nur sehr langsam werden meine Hände ruhiger. Die leeren Kleinen, ich werfe sie in den Springbrunnen. Sie gluckern schnell unter. Ich betrachte meine Hand. Es ist eine schöne, kräftige Hand, meine ganz persönliche Hand. Die kann mir niemand nehmen. Sie gehört mir. Abhacken, aber warum? Es ist meine linke Hand, mit der ich im Wasser spiele. Mit der rechten Hand muss ich trinken.

Wie die Sonnenstrahlen im Wasser brechen und meine Hand fein schattieren. Was hat diese Hand schon alles getan? Nein, daran möchte ich nicht denken. Wie ich meinen Sohn mit ihr streichelte – vor anderthalb Jahren, nach der Scheidung. Seitdem habe ich meinen Jungen nicht mehr gesehen. Meine Frau ist hysterisch geworden. Mein Suff sei schuld, sagte sie damals. So ein Quatsch. Hätte sie mich besser behandelt, ich hätte keinen Alkohol gebraucht. Ihr Leben wird ein kaputtes Suchen bleiben. Wird der Junge mal ein anderer Kerl werden als ich? Nichts wird mehr bleiben von seinem Vater. Später wird der Junge mich nicht mehr verstehen können, und er wird auf die Suche gehen – von den Weibern weg, die mit ihrem gluckenhaften Gehabe ihn sonst ersticken würden. Ich bewege meine Hand und will das Bild wegwischen. Das Wasser schüttelt meine Finger. Das ist der Daumen …

Mit meinem Daumen beginnt und hört alles auf. Er ist mein wahrer Weg. Ich muss trinken. Von den Möglichkeiten, die ich kenne, ist es die einzige für mich. Was soll ich bloß machen? Mein Daumen ist der, der mich regiert. Ich nehme meinen Daumen sehr ernst, denn er ist der dickste meiner Finger. Ich muss zugeben, er beherrscht meine Hand vollkommen.

Der schüttelt die Pflaumen …

Ich sehe den Zeigefinger der Dame von der Friedhofsverwaltung, wie sie mich mit ihm kreuzigt. Der Zeigefinger des Krankenpflegers: Da liegt der erfrorene Mann. Der Zeigefinger des Polizisten, der zum Gleis hinschnippt: Da, er wurde aus dem fahrenden Zug geschüttelt, der Kerl. Wie? Ja – muss besoffen gewesen sein. Die Räder haben ihn zerschnitten. Der liest sie auf …

Aber, es kann nur gut aufgehoben werden, was sich nicht mehr bewegt und auch nicht mehr zappelt. Der Mittelfinger – die Doppelflügeltür in der Suchtberatung. Eine Menge Gründe kann es geben, sich suizidreif zu denken. Danach allen den ausgestreckten Mittelfinger zeigen. Der trägt sie heim …

Was ist für mich »heim«? Wer trägt mich? Der Ringfinger? Geborgenheit, Heim, Frau und Liebe. Was stülpe ich über meine Sucht? Die Verlagerung auf eine nächste? Mich liebt keiner! Und der isst sie ganz allein … Du lieber, egoistischer kleiner Finger! Würde ich nur ein wenig Egoismus oder ein bisschen Mitleid mit mir selbst aufbringen, könnte ich dann das Trinken lassen? Wenigstens für einige Monate, ein paar Wochen vielleicht – alle wären zufrieden mit mir. Jeder würde sagen, es geht mit ihm, er wird sich ändern. Also, der kleine Finger ist ein Weg.

Ich balle die Hand zur Faust. Blödsinn, heute ist mir der Daumen das Liebste auf der Welt. Weißenbach hat gesagt, ich würde nicht ewig saufen können. Weißenbach, es gibt noch andere Wege, als nüchtern zu werden. Mein Daumen ist ein Weg: Nach unten, nach oben, nach unten, nach oben. Aufhören – das packe ich nicht. Was wollt ihr von mir? Ich brauche euch nicht. Ich möchte allein sein. Weg mit euch! Mit euch nehme ich es auf. Kaputt macht ihr mich nicht. Und wenn ich bis zu den Knöcheln im Dreck stehe und die Flasche mit dem ausgestreckten Arm hochhalte, ihr macht mich nicht klein. Ich kämpfe gegen den Rest der Welt!

Ich kämpfe mit der Pulle, sie ringt mich nieder, weil ich sie austrinken muss. Auf den Rängen johlt, pfeift und brüllt mein Publikum. Auf den Knien trinke ich. Der Daumen senkt sich und reißt mich hoch. Um mich herum hüpfen und singen Wahnsinnige. Sie stören mich, denn ich bin der Größte, ich bin die größte Größe überhaupt, und ich prügle auf die anderen ein. Sie sitzen auf ihren Sonderplätzen, die Sozialaristokraten mit ihren dicken Autos. Sie haben sich Leute bestellt. Von denen lassen sie sich hochklatschen, um mich zu demütigen. Da sitzt er, der geistige Adel – nichts Menschliches ist uns fremd, plappert er nach, aber er kann meinen Anblick nicht ertragen und wendet sich von mir ab. Sie ekeln sich vor mir, weil sie anständige Menschen sind. Pfui Teufel, ein sozialer Absteiger. Dieser Gossendreck säuft und stinkt.

Sehr nah, auf den unteren Rängen, da sitzen die Moralisten der Wohlfahrtseinrichtungen und der öffentlichen Ämter, sie zeigen mit spitzen Fingern und reden mit gespaltenen Zungen. Nur die Jugend brüllt mir zu. Ich gebe an mit meiner Kunst, eine Schnapsflasche auf ex zu leeren.

In den Logen der sozialen Arena sitzen die Mediziner. Doktor Freiberg und Frau Kern. Sie versuchen, das Phänomen Alkoholismus zu diskutieren. Die heimlichen Trinker entrollen ihre Protestfahnen und verlassen das irre Oval. Durch einen dunklen Gang flüchten sie in die Weinkeller der Stadt. Vor mir steht plötzlich eine schweigende Minderheit: Mütter, nachdenkliche Ärzte, Kinder, Theologen und Totengräber. Ich schwanke, falle und stehe auf, taumle hin und her und gröle. Ich bin Sieger!

Der oberste Herrscher, die entfesselte Kraft der öffentlichen Meinung – das ist der Daumen, der über mir schwebt. Er senkt sich, und winzig klein zapple ich vor dieser Macht. Jetzt fallen die Entscheidungen: Delirium tremens, Siechtum oder Psychoknast. Ich ergebe mich noch nicht. Ich will die Bedingungen wissen. Welchen Preis zahlt ihr mir für die Kapitulation? Na los, redet! – Verstehe, weiß schon, Daumen nach unten. Ich soll weg. Ihr wollt mich nicht. Ich schaue auf meine tropfnasse Hand. Wenn ich ab heute nur Bier trinken würde, wäre ich übermorgen nüchtern. Die Flüssigkeit spült die Schlacke heraus. Nur keinen Schnaps, keinen Tropfen Schnaps mehr. Ich gehe sonst kaputt, ganz fürchterlich kaputt. Ja, durch den Schnaps bleibe ich auf der Strecke.

Eine Flasche Bier habe ich noch. Die trinke ich in aller Ruhe aus. Die vier leeren Pullen versenke ich im Springbrunnen. Wie schön es wieder gluckst. Sie liegen auf dem Grund. Ein Kind wird sie sich herausholen und dafür billige Schokolade kaufen. Durch das Rauschen des Wasserspiels höre ich:

»Eine Sauerei ist das!«

»Lass ihn, der spinnt doch!«

Ein Streichholz wird angezündet. Ich drehe mich um. Ein schönes Liebespaar ist das, wirklich, aber leider nur äußerlich.

Sie sollen mich ja zufrieden lassen. Ich kneife meine Augenlider zu einem Spalt zusammen. Die Dame spielt mit den Händen im Wasser, als ob nichts gewesen wäre, und er schaut uninteressiert in die Bäume und bläst blauen Rauch ins Geäst.

Jetzt nimmt er ihre nasse Patschhand, die er heute noch küsst, und von der er übermorgen eine Ohrfeige bekommt, weil er besoffen gesehen wurde. Sellerie, so ist das Leben. Ich haue ab. Es gibt stillere Plätze, und etwas zu erledigen habe ich auch. Den Zettel darf ich nicht verlieren. Wenn es Weißenbach von mir verlangt, dann muss ich es tun. Claudia also heißt Peters Freundin, und sie wohnt in der Marktstraße 6.

Was soll ich dort sagen? Guten Tag, Frau Lohmann! Mein Name ist Naumann, und ich muss sie informieren – jedenfalls, Herr Peter Brauer ist verstorben. Vor einer Woche, da war …! Und da hat diese Frau die Tür schon zugeknallt. Was ist vor einer Woche passiert? Kommt in die Firma und will kündigen, was ist da vorgegangen? Ein Mann, der vorbildlich seine Arbeit macht, der anderen hilft und über eine beneidenswerte Gesundheit verfügt – warum lässt er sich sterben, ja, das klingt besser als Selbstmord. Peter sah gut aus. Seine Zähne waren so weiß und so kräftig, damit hätte er sich noch Jahrzehnte durch das Leben beißen können. Wäre ich eine Frau, dann wäre ich glatt mit Peter ins Bett gegangen.

Fest stehe ich auf dem Platz. Der Bockwurst-Stand ist geöffnet. Die Verkäuferin schielt zu mir herüber. Keine Angst, mein Mädchen, deine schmierigen Würste kannst du alleine fressen. Ich fahre jetzt zum Rosengarten hinaus. Im Wohngebiet Rosengarten wohnen die feineren Leute der Gesellschaft. Ich werde in der Straßenbahn hinschweben. Seine Majestät, der Alkohol, hat meine Wirbelsäule fest im Griff und wird mich tragen. Ich freue mich so, dass ich die Leute angrinsen muss. Ich werde das Abklappern in ein Abtrinken verwandeln. Über das Malheur meiner innersten Auflösung und Zerrüttung hebe ich mich mit Bier und Medikamenten hinweg. Himmel – was bin ich zufrieden. Ja, ich will erfahren, was mit Peter war, wie es mit ihm kam. Seine Mutter wird es wissen. Ich fahre zu ihr, mein Beileid aussprechen.

Die Leute in der Bahn sind angenehm. Sie riechen auffällig durcheinander und sind bunt gekleidet. Ein junger Mann schaut mich unablässig an. Er wird über mich nachdenken und sich mit mir vergleichen. Krawatte und Kragen und Karriere und erst danach die Katastrophe. Damit er nicht solange im Unklaren über meinen Zustand bleibt, atme ich kräftig aus. Er verzieht jämmerlich das Gesicht. Warte nur ab, mein Junge, im Leben kommt erstens alles anders und zweitens, als man denkt! Du erschaffst dir deine bleibenden Werte durch Aktivität und Transpiration. Schade, nun steigt er aus. Der Rosengarten. Zweimal war Peter mit mir hier draußen. Er besuchte seine Mutter. Ich durfte vor der Gartenpforte warten.

In einem mächtigen Kirschbaum hocken Stare. Das Haus davor könnte es sein. Ich muss langsamer gehen, am besten erst mal vorbei und dann wieder zurück. Was will ich eigentlich? Will ich mit den Staren pfeifen und Kirschen klauen? Eine Gardine bewegt sich. Also ist Frau Brauer zu Hause.

Hoppla, die Buchstaben sind wie schwarze Käfer. Angestrengt schaue ich auf das Namensschild und lese: BRAUER. » Sie ist im Haus und hoffentlich allein. Ein Klinkendruck würde genügen und ich könnte zu ihr gehen. Besser, ich warte vor der Tür. Sie würde mich für einen Einbrecher halten.
Irgendwann hat Peter zu mir gesagt, dass seine Mutter schwerfällig und gemütlich sei, ginge es um Alltagskram, doch sobald Probleme anständen, da verändere sie sich. Sie wäre dann sachlich bis sittlich und kaum zu ertragen.
Sie kommt. Ach, dicke Frauen sind mir zuwider. Sie haben zuviel Herz. Sie sieht sehr alt aus. Das Gesicht, auch die Haare

– betongrau. Nur über der Stirn liegt eine gelbe Haarsträhne. Lärmend fliegen die Stare hoch. Frau Brauer schaut mich an und geht mit trägen Schritten auf mich zu.

»Ja?« Mehr sagt sie nicht. Sie bleibt hinter der Gartentür stehen. Ein sanfter Windhauch, einer, der sonst die Wärme der Sonnenstrahlen in schattige Ecken drückt, zerwebt meine Bierfahne, trägt sie von uns fort, und ich bin ihm dankbar, weil ich nun nicht nach Alkohol rieche.

»Guten Tag, Frau Brauer. Ich heiße Naumann, Michael Naumann. Sie kennen mich bestimmt noch, ich war mit Peter befreundet. Ich wollte Ihnen mein Beileid aussprechen. Getroffen hat es mich …«

»Danke, und …?«

Kühl und auf Distanz bedacht schaut sie mich an. Wie sie mich beäugt, ihr Blick rutscht ruckartig über meine Gestalt. Warum sagt sie nichts? Sie muss doch was sagen. Mit forschenden Blicken prüft sie meine Kleidung. Auf meine Brusttasche schaut sie länger als nötig, dann tasten ihre Blicke die Partien meines Gesichtes ab.

»Ja, das war es wohl, Herr Naumann.«

Keine Betroffenheit liegt in ihren Worten. Wie sie spricht, die blanke Monotonie. Ihr graues Haar, es ist so sauber und so gut gelegt, es wirkt unerträglich auf mich. Verhaltene Wut puckert in meinen Schläfen. Meine Gedanken stauen sich. Sie trauert, doch sogar der Briefträger würde denken, er hätte sie durch das Klingeln von Torte und Kaffee weggerissen.

»Ja, das war es eigentlich.«

Sie nickt mir zu, und ich setze meinen Weg wie einen Spaziergang nach einer unliebsamen, aber unumgänglichen Unterbrechung fort. Ihre Blicke lösen in meinem Nacken ein dumpfes, unangenehmes Druckgefühl aus und schieben mich voran. Ich bin allein, ich bleibe allein, da ist noch Weißenbach und damit hat es sich. Nein, die alte Brauer kann mich mal am

Rumms und Tralala lecken. Winzig klein zieht die ferne Stadtbahn einen Bogen um die Siedlung. Sogar sie ist fein und leise. Unter meinen Schuhen knirscht Splitt. Wie unangenehm! – Ich trete mit wahnsinniger Wut in den Splitt und brülle. Mein Gelächter kollert. Ich drehe mich um. Nicht sehr groß, aber stämmig, steht Frau Brauer noch immer hinter der Gartenpforte und schaut mir nach. Ich schreie über Gärten, gepflegte Häuser und geputzte Menschen hinweg. Die Splitter schwirren wie kleine Schrotkugeln durch die Gegend.

Elegant gleitet die Stadtbahn über eine Taxushecke, die den Bahndamm verdeckt, und verschwindet zwischen Neubauten. Diese fortgleitende Bewegung und der tobende Rhythmus meiner Schritte ziehen mich mit. Ich bin ich, weil ich hier gehe und deshalb ich sein kann. Was wollen die alle von mir? Ich bin mein eigener Herr! Wenn es nach denen ginge, dann könnte ich hier tot umfallen und wäre dann die neueste Kreation aller Komposthaufen der Siedlung. Wenn ich in einem Garten zwischen Erdbeeren oder am Bahndamm neben Disteln sterben würde, dann wäre mein Tod nur ein mistiges Ereignis in einer Siedlung am Rande der Stadt. Ein Ereignis, das in einer Blechwanne – wegen des Gestanks – hastig entfernt würde.
Die Rentner würden darüber reden, aber auch nur beiläufig.

Was ist mein wahres Unglück?

Mein Unglück, das sind die Menschen, die ganze Welt. Sie mögen mich nicht. Wie oft gehe ich auf Menschen zu und will, dass sie mit mir reden, doch sie belehren mich oder sie wenden sich auf eine so ruhige, überlegene Art und Weise von mir ab, dass ich vor Ärger ersticken möchte. Mein anderes Unglück sind vielleicht die Medikamente. Ich will sie nicht, doch ich brauche sie. Und die Erinnerungen, sie sind auch mein Unglück. Ich lehne sie ab, doch sie fragen mich nicht, sie drängen sich auf. Sie sind mein Schicksal.

Wie freundlich das Geld in meiner Tasche klimpert. Jetzt fliege ich der Stadtbahn nach. Mein Körper ist ein leerer

Schlauch, der sich dehnt und streckt. Mein aufgeblasener Kopf schwebt über den Baumkronen. Verächtlich sehe ich auf die Kleingärten hinunter. Die Umgebung verwackelt im Blickfeld, denn ich strecke mich hoch und höre und finde mit meinem feinen Gespür das Dach einer Gartenkneipe heraus. Ich taste die Taschen ab, freue mich, dass das Haarwaschmittel auf der Bank am Terrassenspringbrunnen steht, und ich wünsche mir, dass es ein Kind findet und in den Springbrunnen schüttet. Es soll sich über die Seifenblasen freuen.

Ich bin in der Kneipe, lande mit lautem Getöse auf einem Stuhl und bestelle klar und vernehmlich: »Ein großes Bier und einen doppelten Korn!«

Er lässt es sich gefallen. Er hat mindestens ein halbes Jahrhundert hinter dem Zapfhahn heruntergerissen. Ich kenne die Kneipenwirte. Da gibt es die väterlichen Wirte, die mitunter am Tisch des Gastes sitzen und ihm zuhören. Sie sind ganz anders als die adretten Wirte, die einen Schlips tragen, studiert haben und eiskalt ihr Geschäft betreiben. Da gibt es noch die seriösen, gesprächigen Wirte. Bei denen merkt keiner, dass sie Geld verdienen wollen, denn sie geben sich familiär und wenig politisch. Natürlich gibt es auch Auswüchse nach allen Seiten, wie die Sargdeckel-Martha und den Wirt der Schwemme. Eines haben sie alle gemeinsam, die Kneipenwirte, sie sind das Henkertum der Trinker.

Wie er heranschlurft. Mein Wirt ist ein väterlicher Typ, und er sagt zu mir: »Ein wenig leiser, junger Mann.«

Mit einem Lappen wischt er um meine aufgepflanzten Ellenbogen herum, stellt das Bier und den Doppelten hin.

»Da!«, sagt er noch. Er bleibt neben mir stehen. Worauf wartet er? Gierig taxiere ich die Gläser. Er steht immer noch und schaut. Vorsichtig schiebe ich die gespreizten Finger auf das Glas zu. Der Wirt schlurft zum Tresen. Ich senke mein Gesicht dem Bierglas zu. Erregt pulsiert mein Verstand und drückt alle

Gedanken weg. Ich kose mit der Zungenspitze den Schaum, schmatze laut und hebe beidhändig das Glas an. Das gelbe Nass gluckert im Mund, und ich spüre, wie es meinen Gaumen hinabstrudelt. Zigarettenasche punktiert den Schaum. Wie sich die Kohlensäure zischend löst. Ein Wildbach! Was für ein Gefühl, und jetzt den Doppelten nachstürzen. Ach, ganz gemein rüttelt er mich durch. Ein Ekelschauer klettert über die Haut meiner Unterarme, durchfliegt meine Brust, schnürt sekundenschnell den Hals zu und zieht meinen Mund nach innen. So ein unvermuteter Ekel, aber ich schiele wieder zum Bierglas. Langsam löst sich der Krampf. Ich spüre eine warme Welle zwischen den Schulterblättern. Mein schlaffer Bauch ist wieder fühlbar geworden. Schwere wandelt sich in Wärme, und Wärme wird sich bald in Kraft umsetzen.

»Noch einen doppelten Schnaps, Zigaretten auch, Herr Wirt!«

Er hat mich beobachtet. In der Hand trägt er ein volles Schnapsglas, schlurft heran: »Da!«

Durch kleine Bierschlucke lindere ich die Ekelwirkung des zweiten Schnapses, der meinen Rücken nur kurz streichelt und sich sofort in Wärme umsetzt. »Noch einen Doppelten, Herr Wirt!« Der väterliche Wirt nickt. Aus der Tülle gluckert silbrig der Korn. Das ist meine neue Trink-Strategie: Drei Schnaps – ein Bier.

»Da!« Der Wirt bleibt vor mir stehen und zieht einen Bleistift hinter dem Ohr hervor. Er will Geld, da hat er das Geld. Die Zigaretten, drei Doppelte und ein halbes Bier, so! Da geht er nun mit meinem Geld. Unauffällig ziehe ich mich an der Tischkante hoch. Ich liebe die frische Luft. Schmerzlich zucke ich zusammen, als ich hinter mir das dumpfe Aufprallen des Stuhles höre. Ich will hier weg und gehe schneller. An der Tür drehe ich mich um und sehe den Wirt neben dem Tresen stehen. Er streichelt seine rechte Faust, grinst und wendet sich wieder den Gästen zu.

Eine Betonstraße führt von der Gartenanlage zum S-Bahnhof. Drüben rollt ein langer Zug ein. Die Leute aus den Chemiebetrieben betreten den Bahnsteig. Wie sie den Neubaugebieten zujagen. Vorher treffen Mann und Frau kurze Absprachen: Holst du Karl-Friedrich aus dem Kindergarten oder gehst du einkaufen? So geraten die Kinder aus einem gelben Block in einen blauen Block. Kindergarten, Schule. Menschen-Schlangen vor den Fresstempeln. Sie werden nicht kürzer, und die Bierflaschen, die die Männer tragen, nicht weniger. Abgehetzt kommen alle nach Hause. Sie essen, baden die Kinder und stecken sie ins Bett. Sie waschen das Geschirr ab. Ständig läuft das Fernsehgerät. Es macht sie so stumm, dass sie über alles eine Meinung haben, nur nicht über sich selbst. Sie wissen nichts mehr über sich, weil sie nicht mehr über sich nachdenken. Abends schimmern ganze Gebäudereihen im lautlosen Rhythmus weiß-blau, bläulich, weiß, bunt, dunkelblau und wieder weiß-blau. Alle wählen sie das gleiche Programm. Sie sehen es sich an und danach gehen sie ins Bett. Auch da wählen alle das gleiche Programm, weil sie gehört haben, dass nur so die Ehe funktioniert, und von der frühen Sexualaufklärung her wissen sie, dass es erotisch gemacht werden soll, und darum machen sie es sehr erotisch und sehr gut. Bravo!

Ich weiß das ja. Fünf Jahre lebte ich mit meiner Frau im Neubaugebiet. Wir haben einen Sohn, der dieses Jahr zur Schule kommt. Wie verrückt haben wir drei Jahre auf neue Möbel gespart und erst dann empfingen wir unseren ersten Besuch. Nein, diese Andacht beim Toasten, und Salzgebäck gab es auch, und Schnaps und Bier. Die Frauen tranken Wein. Ja, so war es oft, und gegen Mitternacht waren wir Männer blau. So hätte es Jahrzehnte weitergehen können, doch meine Mutter hat sich zu sehr in unsere Ehe eingemischt, und meine Frau hat es geduldet. Meine Mutter, sie hat Schuld an allem. Ach, die …

Bald muss eine Bahn kommen. Egal, wohin sie fährt, ich fahre mit. Ich will hier weg. Mein Körper erinnert mich an

Pudding. Ich stehe fest, solange mich niemand berührt. So kann ich es nicht aushalten, ich muss in die Stadt zurück. Dort werde ich in die Kneipe gehen und essen. Ich muss essen, sonst falle ich auseinander.

Die Bahn fährt ein. Der Triebwagen nähert sich. Er zieht mich zur Bahnsteigkante. Ich möchte mich fallen lassen, aber ich wehre mich dagegen. Mir wird klar, den gewaltigen Druck der Stahlräder halte ich nicht aus. Das Schwindelgefühl weicht, als der Zug zum Stehen kommt. Teilnahmslos drängeln sich die Leute an mir vorbei. Für mich haben sie keinen Blick, und eine Frau sagt laut zu ihrem Mann: »Holst du Christoph, ich gehe einkaufen.« Das Abteil ist leer. Die Bahn hat die Menschen ausgespuckt und mich arme Seele eingesogen. Alle erledigen irgendwas, ich mich. Der Triebwagen jault auf, die Türen fallen zu, und der Schub drückt mich in die Kunststoffpolster. Jetzt werde ich mitfahren, bis ich nüchtern geworden bin.

Warum trägt mich eine Bahn, das Gleis, die Erde überhaupt? Was habe ich von mir? Ich will nicht mehr, nein, ich will nicht mehr leben. Ist denn keiner da, der mich umbringt? Es braucht ja nicht mit der Spitzhacke zu sein. Normale Leute arbeiten damit. Jetzt muss ich trinken, damit sich mein Körper besser fühlt. Ich sollte in einem Schnellzug sitzen, weg von dieser Stadt. Sie belästigt mich und hindert mich daran, von der Flasche wegzukommen. Das Klappern und Stoßen der Räder raunt und rauscht in mir. Draußen schleift die S-Bahn in einer rasanten Kurve in den Süden der Stadt ein. Die Sonne durchglüht Hochhäuser und Fabrikschornsteine. Gezackte, schwarze Wolken schweben am Horizont. Der gefühllose, gelbe Sonnenball – er kippt ab oder er steigt auf. Ist es morgens oder abends? Ich weiß es nicht. Aber, kommt die Nacht, dann kommen auch die wahnwitzigen Ängste, und kommt der Tag, dann beginnt das mühsame Abfangen des Zusammenbruches. Ich wünschte, es gäbe keine Zeit mehr für mich. Die Bahn trägt mich in den

Hauptbahnhof und ich verlasse mit unsicheren Schritten das Abteil. Schwer atmend nehme ich die Stufen des Bahnsteiges und bleibe vor einer großen Uhr stehen. Das rechte Auge halte ich zu. 18 Uhr ist es, eine gute Zeit. Ich werde die Stadt verlassen und nie mehr zurückkehren – nie! Weg von meiner Wohnung, weg von diesen Menschen hier, weg von dieser lausigen Stadt. Hier lauert überall das Unglück. Ich brauche einen neuen Anfang, denn mein Elend ist mit dieser Stadt verbunden. Hier habe ich mit dem Trinken begonnen. Noch habe ich eine Chance, ich bin doch kein Alkoholiker. Neu beginnen – ich muss vor meiner geschiedenen Frau, vor meiner Mutter und vor der gesamten Stadt fliehen! Für immer.

Doch vorher hole ich mir eine Flasche Schnaps. Eine große Flasche Kräuterlikör? Nein, ohne Tasche ist die große Pulle zu deutlich zu sehen. Die Leute würden mich für einen Trinker halten. Das will ich nicht, denn keiner würde mir helfen wollen. Ich entscheide mich für eine kleine, bunte Schachtel. Oder ich hole doch eine große Flasche. Ich könnte auch beides kaufen und mitnehmen, so wie gestern. Unsinn, auf jedem Bahnhof kann ich das sagen: »Die vier Flaschen im Karton möchte ich haben«, also: Zwischen vier verschiedenen kräftigen Schlucken kann ich nachher wählen. Immer die gleiche Sorte, das ätzt ja den Schlund aus.

Schulkinder! Sind die Ferien vorbei – beginnen die Ferien? Die Kinder, so ein Gelärme und Getöse. Sie kommen mir vor wie saubere, kleine und sehr laute Tiere. Mein Herz bummert in den Schläfen. Steif bleibe ich stehen. Ich laufe einen Bogen, weil ich ihnen ausweichen muss. Der Fahrplan macht mir zu schaffen. Ach, was brauche ich eine Uhrzeit für die Abfahrt. Ich brauche Geld und krame in meinen Taschen. Egal, wohin ich fahre und wo ich ankomme, für mich sind Züge nur unterwegs.

Vielleicht schaffen sie mich in eine Klinik – falls ich in einer Ecke liegen bleibe. Papierkörbe werden auch ab und zu geleert.

Den Ärzten würde ich schon erzählen, was mit mir ist und wozu ich ein Bett brauche.

Ich will hier weg, ich will hier weg. Die Kinderkolonne ist endlos lang. Ich werde mich bemühen, gerade daran vorbeizugehen. Nein, ich schaffe es nicht. Die Kinder rempeln mich an und lachen mich aus. Ich flüchte zu den Bahnsteigen hoch. Am Bahnsteig 5 steht ein Zug. Der Zug ist leer. Dann wird er eben später abfahren. Auch der Bahnsteig ist ohne Menschen. Das ist günstig, ich kann einsteigen. Keiner wird mich gesehen haben. – War das ein verrückter Tag!

Ich suche mir einen Platz und beginne, den Tag zu durchdenken, doch es gelingt mir nicht recht. Mein heutiger Lebenstag war: Acht Flaschen Bier, drei doppelte Schnaps und ein Halbes. Dazu noch ein paar Spaßmacher. Erschreckend wenig, vergleiche ich es mit früheren Zeiten.

Ein Totentanz I – VII

»Ein Totentanz« I–VII, entstanden 2013,
Monotypie auf Chinapapier,
Format: 70 x 50

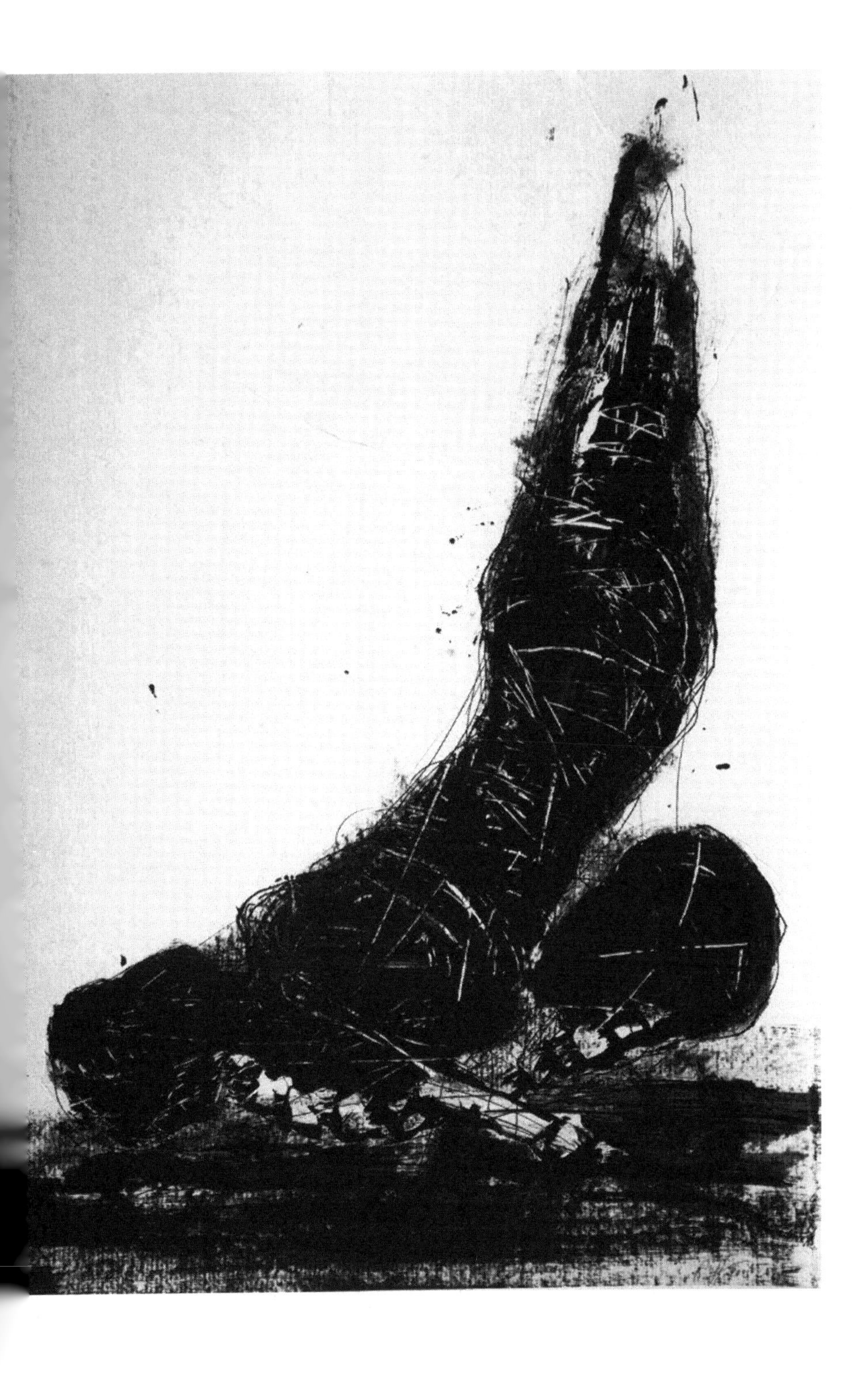

Der taube Herr Tod

Ich bin müde, kaputt und schlaff. Nur die Gegenwart ist verlässlich. Käme der Tod, mein Tod, so sanft wie die Abenddämmerung, ich würde sofort die Augen schließen. Doch, so freundlich wird er nicht kommen. Ich habe schon Todesfurcht gehabt. Die Furcht vor dem Tod ist grausam.

In meiner Hand klebt die Schachtel. Jede klitzekleine Flasche nehme ich einzeln und stelle sie aufs Fensterbrett. Erst werde ich den Korn und den Likör trinken, danach den Pfirsichgeist und zuletzt den Weinbrand-Edel. Schließlich habe ich einen guten Geschmack. Auf Bahnsteig 4 läuft ein Zug ein. Der Lautsprecher dröhnt, Puffer klirren aufreizend grell und die Räder reiben irrsinnig laut auf den Schienen. Die Menschen ähneln dicken Hummeln. Sie schleppen Koffer und Taschen, tragen Rucksäcke und Campingbeutel. Eine dunkelblonde Frau trägt gelbe Taschen und läuft schon das dritte Mal den Bahnsteig entlang. GUTE FAHRT! steht auf einem Schild. Die vier Miniflaschen gleiten unter meinen Fingern in die Schachtel zurück. Nur eine bleibt draußen. Mein Griff war richtig. Ich reiße die Verschlusskappe ab und kippe den Korn hinunter. Es geschieht nichts und ich muss an einen tiefen Festungsbrunnen denken, denn ohne ein Echo fällt der Schluck in die Tiefe meines Körpers. Ich schütte den Likör nach, und wieder passiert nichts in mir. Das ist unheimlich. Ich ziehe mich an der Gepäckablage hoch, drehe mich und gehe die drei Schritte zur Toilette. Dort passiert auch nichts. Ich schwanke zurück zum Sitz und brenne mir eine Zigarette an. Das saubere Abteil geniert mich. Asche fällt von der Zigarettenglut. Ich zertrete die Asche.

Ein seltsamer Zug. Die Fenster sind sehr dreckig, im Gegensatz zum Fußboden. Ich hätte einen guten Start gehabt, denkt

Weißenbach, in einen nüchternen Alltag hinein, doch jetzt rühre ich keinen Finger mehr dafür. Ich werde im Zug bleiben und warten, was da kommt. Es kann nicht schlechter werden, Klinik oder Tod, na und? Vor dem Tod muss eben ein wenig gezappelt werden, das gehört dazu.

Fast unmerklich setzt sich der Zug in Bewegung. Weich rollen die Räder auf den Schienen. Soweit ich sehen kann, sind alle Abteile leer. Das wird eine Fahrt! Ein ganzer Zug für mich. Die Zigarette sengt meine Finger an und meint, dass ich sie fallen lassen soll. Ich lasse sie los und kuschle mich in den Sitz. Meine Augenlider haben es schwer. Sie fallen über meinen Blick. Der Zug schlingert von Weiche zu Weiche. Ich schwebe mit ihm. Wolkenweich trägt er mich. Die Stadt, die Stadt, ich verlasse sie für immer …

… Wasser rinnt an der Scheibe herunter, und erschrocken hebe ich den Kopf. Klatschende, schmatzende und saugende Geräusche und totale Finsternis schließen mich ein. Siedend heiß springt die Angst in meinen Verstand. Ich höre mich schreien. Um mich rauscht und stöhnt es. Ich presse mein Gesicht gegen die Fensterscheibe, versuche hinauszusehen und pralle entsetzt zurück. Lange, schwarze Haarwellen greifen nach mir. Sie wollen mich umschlingen und erwürgen. Ungeheuer schwimmen hinter Glas und schlagen entschlossen dagegen, um in das Abteil zu gelangen. Ich springe hoch, stoße mich und haste den Gang entlang. Ich suche einen Ausweg, öffne eine Tür und taumle gegen die Toilette. Eine Wasserwand fällt vor mir herab. Kratzende, schabende Laute dringen von allen Seiten auf mich ein. Die Angst drückt mir den Hals zu. Mein Herz zappelt wild in der Brust. Ich höre mich hemmungslos »Neiiin!« brüllen. Das ist die Hölle, das ist mein Ende. Ein hoher kreischender Ton zwingt mich auf die Knie, und ich warte darauf, dass die schwarzen Schleier über mich herfallen und mich endlich ertränken. Jeden Moment. Sofort. Jetzt.

Es wird hell. Senkrechte, riesige Bürsten gleiten davon und das Wasser läuft ab.

Ich setze mich und weine. Nichts kann mich trösten. Was ist das für eine öde Welt. Meine Hoffnung, eine große Reise zu machen, daran zu sterben oder zu gesunden, ist nichts wert. Sie hat sich nicht erfüllt. Ich bleibe willenlos sitzen, bis die Wagen von einer Rangierlok in den Bahnhof geschoben werden.

Sehr langsam fällt die Aufregung von mir ab. Ich öffne den Pfirsichgeist und den Weinbrand, schütte den Fusel in mich hinein, warte auf nichts, vielleicht noch auf den Irrsinn. Ich helfe meinem Körper aus dem Zug hinaus. Die Uhr zeigt 20.15 Uhr.

Der letzte Abend meines Lebens, dieser schöne Sommerabend. Ich schleppe mich durch den Tunnel an einem Strom von Passanten vorbei, der sauberen Hauptstraße zu. Wegwerfen möchte ich mich, weil ich elend, nass und verkommen bin. In einigen Tagen werden sie mich neben Peter Brauer einscharren. Mein Problem mit mir wäre schneller zu lösen, fände ich mit einem kräftigen Schlag mein Ende. Zum Schluss ein Ausrufezeichen, der Naumann, der! Heroinabhängige versetzen sich einen »Goldenen Schuss«. Ich verpasse mir den goldenen Schluck – eine Nullkommafünfer auf ex.

Eine Bank. Ich werde mich setzen und überlegen, was zu tun ist. Die Steinbank ist kühl. Unterhalb einer herrlich ausgeformten Frauenfigur plätschert Wasser in eine bronzene Schale. In mir steigt eine stille Sehnsucht nach einer Frau hoch, und ich versuche nicht, sie zu unterdrücken. Wie teilnahmslos das Wasser glitzert. Das Licht der Kugellampen schwebt darüber wie strahlende Trauben. Tausend kleine Leuchten fallen in das untere Becken. Diese Lichttropfen mühen sich ab, um in der Schwebe zu bleiben, und doch fallen sie in das Wasser.

Die größte und lächerlichste Errungenschaft, die die Natur uns mitgegeben hat, so scheint es mir, ist die Vernunft. Sie weiß von ihrem Tod – milliardenfach. Das Weiterleben nach dem

Tode ist da eine gute Ausrede vor der Wirklichkeit. Ich muss lächeln über meine gelungenen Gedanken. Peter ist unwiderruflich heimgegangen. Ein schönes Wort für einen miesen Tod. Wäre nicht besser: heimgegangen worden? Ich hätte seine Mutter doch fragen müssen. So schlecht scheint sie nicht zu sein. Der Kummer muss sie so zurückhaltend gemacht haben.

Das kann doch nicht möglich sein, der Brenner-Norbert steht vor mir.

»Na, denkste nach, wie du zu 'nem Schluck kommst?«

»Kaum, was machst du hier?«

»Das gleiche wie du. Hab ich dir's schon erzählt, mein Knie?«

Er streift das Hosenbein hoch. Ich sehe einen durchnässten Wundverband, den das Licht der Kugellampen grau-gelb tönt. Ich will ihn vorsichtig berühren, doch Norbert lässt das Hosenbein darüber fallen.

»Was meint der Arzt dazu?«

»Ich bin nicht krankenversichert.«

»Unsinn, jeder hat Anspruch auf ärztliche Hilfe. Wann hast du dir die Schramme geholt?«

»Na, als sie uns aus dem Zoo jagten. Bist du gut nach Hause gekommen? Du hast am Kopf geblutet.«

»Wennschon. Laufen wir ein Stück?«

»Biste denn verrückt – mein Bein. Hast du 'ne Zigarette?«

Norbert streckt sein krankes Bein aus, dreht sich wie ein Kran und lässt sich auf die Steinbank fallen. Schweigend gebe ich Feuer. Gierig zieht er an der Zigarette, und ich sehe, wie sein Kehlkopf kräftig hervortritt. Das Licht wirft wechselvolle Schatten, und für einen Moment sieht Brenner-Norbert anfällig und verbraucht aus.

»Norbert, den Peter Brauer hat es erwischt. Er hat sich umgebracht und liegt jetzt auf dem Südfriedhof.«

»Der Spinner. Das hätte ich dir gleich sagen können. Nee, solche Spinner knallen nach den ersten Schwierigkeiten die Hufe gegen 'ne Wand.«

Ich kann nicht wütend werden.

»Lass ihn! Ich glaube, er hatte es nicht leicht gehabt. Zuletzt hat er noch einen ausgegeben.«

»Na, dann war die Belegschaft wenigstens zufrieden, was?« Norbert haut mit der Hand auf sein krankes Bein, »wir halten durch! Und du, du hältst auch durch!«

Ich schüttle den Kopf. Norbert bemerkt es nicht.

»Wollen wir ,ne Raupe machen? So eine, dass die Luft um uns brennt!«

Norbert schaut mich forschend an. Mir wird es klar. »Norbert, du hast keinen Pfennig? Hier, ich gebe dir einen Zwanziger, und du verschwindest damit. Einfach so. Ich will nicht mehr, hörst du, ich will und kann nicht mehr.«

Besorgt schaut er mich an. »Ich hol ,ne Pulle. Du musst was trinken, du hast ja Hummeln im Kopf. Bleib hier sitzen.«

Ich gebe ihm das Geld, damit er geht. »Hau ab, Norbert. Ich habe seit einer Woche durchgezogen.«

»Hör auf ,nen Älteren. Du hast Distras gefressen, was? Mensch, pass auf, du gehst sonst ab. Schnaps ist was Reelles. Lass dich von Freiberg nicht kaputtmachen. Warte hier!«

»Ach, geh!« Ich stecke mir eine Zigarette an. Er drückt sich von der Bank hoch, und unschlüssig klingt es, als er zu mir sagt: »Ich bin gleich wieder da ,nen Kumpel lass ich nicht im Stich.«

Ich sehe, wie er seine breiten Hände in die Taschen schiebt und an den Springbrunnen vorbeihumpelt. Ein Wasserschleier streichelt seinen Hals. Mit einer energischen Handbewegung schlägt er den Jackenkragen hoch. Er wird nicht wiederkommen. Das Geld wird er allein versaufen. Der Springbrunnen musiziert. Ich beuge mich vor und lausche. Nein, ich muss mich geirrt haben, oder Bach?

Im Dom brennt Licht. Menschen sitzen hinter dem dicken Gemäuer und hören ein Konzert. Es zieht mich zur Portaltür hin. Viel kann ich nicht, aber Klavier spielen kann ich. Vielleicht sitzt meine Mutter im Dom? Sie mit ihrem überspannten Ehrgeiz hat mich fast bis zum Wahnsinn gebracht. Immer und immer wieder sollte ich vorspielen. Ich sollte perfekt werden.

Die Mauer ist kalt und nass. Nur für meine Mutter habe ich gespielt. Ich liebte sie so sehr. Einen winzigen Spalt breit öffne ich die Tür. Wie vertraut sie sind, diese Töne. Das könnte das Präludium – Fuge a-Moll sein. Es ist Bach. Kräftig, aber Ruhe fordernd, hallen die Akkorde. Klänge steigen und verharren im Dom. Mein Arm zittert heftig. Ich schiebe meinen Fuß in den Spalt und streichle die glatte Metalltür. Schweiß steht auf meiner Stirn, fließt hinter meinen Ohren und sammelt sich im Haar. Mein Hals wird nass.

»Was machst du hier? Ich hab' dich gesucht.« Norbert steht vor mir und feixt. »Na, hast du eine Flasche geholt?«

»Nee, ich weiß was Besseres. Die Kohle habe ich noch. Michael, in der Börse sitzen zwei Weiber. Die eine kenne ich. Die hat ihre Tochter mit. Plätze halten sie frei.«

»Quatsch, Geld für Weiber ausgeben!«

»Ich nehme die Mutter und du die Tochter. Sie sind gut eingeritten, die zwei. Los, komm!«

»Ich habe keine Lust. Außerdem sind meine Sachen nass …«

»Komm schon, du hast doch Grips im Kopf. Gut quatschen kannste auch. Die wollen so was. Vorher, meine ich …«

»Ich kann mich kaum noch gerade halten.«

»Warte«, sagt er, und seine Hand gleitet in das Jackenfutter, »für den Ernstfall – hier.«

Andächtig öffnet Norbert einen Flachmann und setzt sich neben mich. Vorsichtig hebt er mein Kinn an, und ich öffne meinen Mund. Ich lasse mich mit kleinen Schlucken füttern. »Haste noch gelbe Eierchen? Die Wirkung lässt bei dir nach. Trink Schnaps. Ich kenn das. So, in der Kneipe lasse ich die Pulle nachfüllen.«

Stöhnen muss ich. »Fünf Eierchen habe ich noch. Norbert, du bist ein guter Mensch.«

»Lass den Quark. Fünfe haste also noch. Nimm die später. Die brauchst du zum Abklappern. Du weißt ja Bescheid. Kalter Entzug. Komm, die Weiber warten nicht ewig.« Norbert hat Recht. Wie soll ich über die Nacht kommen? Ich muss einige Augenblicke warten, bis meine innere Erregung herunterrieselt und das Flattern meiner Hände nachlässt. Mit einer Frau zu schlafen, das wäre nicht schlecht. Sie könnte sogar den Notarzt holen, falls …

»Los, wir gehen. Wo ist es?«

»Den Wirt kenn ich. Ein Kumpel. Ich hab für ihn mal was gemacht. Nee, der Wirt schmeißt mich nicht raus und dich nicht raus.«

»Kommst du mit deinem Bein nach?«

»Klar, wenn's in die Kneipe geht, immer. Ich lass mir nicht den Willen nehmen.«

Meine Schrittlänge bringt Norbert zum Hinken. Er flucht auf das Bein und hopst nach jedem dritten oder vierten Schritt. Als ich im Türrahmen der »Alten Börse« stehe, muss ich auf Brenner-Norbert warten. Er kommt, drängelt sich an mir vorbei und grüßt zu einem Tisch hinüber. Daneben stehen Spielautomaten, die mit Hebeln und Knöpfen auf Glückszahlen getrimmt werden können. An unserem Tisch sitzen drei Frauen nebeneinander, wie Oma, Mutter und Tochter.

»Hier is mein Kumpel.«

Ich gebe allen die Hand. »Seht euch meine Sachen an. Ich bin Michael, der Engel. Ich bin geradewegs durch das Wasser zu euch geeilt – noch ist mein Schwert erloschen!«

Das junge Ding lacht mich an und greift zum Bierglas. »Hier, trink einen Schluck, mein Scheißer.«

Sie gefällt mir, und ich erzähle allen meine Geschichte von der Waschanlage der Bahn. Zwischendurch schreit Brenner-Norbert nach Bier und Korn und fragt mich, ob ich ein Rostbrätl essen will. Ich lehne ab und verschiebe es auf später. Die Frauen sehen mich entsetzt an, als ich von den riesengroßen schwarzen Bürsten erzähle, wie ich, zwischen Waggon und Bürsten eingeklemmt, daran rüttelte und mich befreite.

Die, die mir gefällt, wird die Tochter sein, von der Norbert schwärmte. Sie ist füllig. Ihre Wimpern sind eintätowiert. Daneben, das wird die Mutter sein. Sie hat kräftig ausgemalte Lidschatten, die matt wie Blei schimmern.

Sie lacht und zeigt uns allen eine durchgängige Reihe schwärzlicher Amalgamplomben. Vor ihr liegt eine stählerne Brille auf dem Tisch. Diese Frau scheint nur aus Metall zu bestehen. Die möchte ich nicht in Wallung bringen, doch warum sollte Norbert sich nicht an ihr erwärmen können. Keinen Anteil an uns nimmt die dünnhaarige Oma. Als alles am Tisch laut auflacht, klingt ihre Stimme trotzig durch: »Siebzig Jahre bin ich heute alt geworden. Sie können mir das ruhig glauben, siebzig Jahre alt. Haben Sie eine Zigarette für mich? Sie sind ein bildschöner Mann. Haben Sie eine Zigarette? Ich bin heute siebzig Jahre alt geworden.«

»Halt die Klappe!« Die Junge neben mir kann aber ruppig werden. Was hat die Alte ihr getan?

»Lass sie doch, Elke.« Die Mutter von Elke scheint eine vernünftige Frau zu sein.

»Ich kann das Gequatsche nicht mehr hören. Ich kann es nicht mehr hören.«

»Junger Mann, eine Zigarette nur. Heute bin ich siebzig Jahre alt geworden.«

Ich zögere, dann gebe ich der Oma eine Zigarette. Sie hat keinen Zahn im Mund. Ich lege meine Hand auf Elkes Arm.

»Ich hau der Alten eins drauf.« Meine Elke ist unmöglich.

»Beruhigt euch mal.« Norbert lenkt ein.

Auch ihre Mutter versucht zu beruhigen. »Elke, denk an Oma.«

»Ausgerechnet du musst das sagen, Mutter.«

Elke ist das blanke Gift. Ihre Mutter kann sich nicht wehren. Wie hilflos sie den Mund auf- und zuklappt und sie mit der Brille spielt.

»Elke, du weißt, ich …«

»Ach, halt die Klappe. – Michael heißt du? Wir trinken einen. Manchmal hat meine Mutter die Vornehmheit gepachtet, nein, richtig komisch.«

»Ist schon gut, Elke, wir trinken einen doppelten Schnaps.«

»Eine Runde Bier und vier Doppelte.« Aufgeregt schnippt Brenner-Norbert mit den Fingern. Der Wirt schaut über Rauchschwaden zu uns herüber. Er nickt. Mein Arm saust hoch.

»Fünf!« Es wird still am Tisch. Es ist so, als würden alle schweigend durchzählen.

»Du bist ganz schön bedauernswert, aber wenn du bezahlst, bitte!«

»Lass mich, Elke.« Ich nehme wieder eine Zigarette und hole ein Geldstück aus der Brusttasche. Ich schiebe sie der Alten zu und zeige auf den Spielautomaten. »Hier, Oma, vielleicht macht er klingelingeling.«

»Danke, der junge Mann. Danke, siebzig Jahre bin ich alt geworden.«

»Aber ja doch, Alte, feiere deinen Geburtstag.«

Norbert hinkt zum Tresen. Die Alte steht auch auf. Sie geht zwei Tische weiter und legt die Zigaretten einem alten Kerl hin. Der dankt nicht. Böse knurrt er die Alte an. Die geht weiter und bleibt vor dem Spielautomaten stehen. Sie wirft das Geld ein – die Zahlen beginnen zu rotieren.

»Warum hast du das gemacht?«

»Damit wir unsere Ruhe haben, Elke. Nicht war, junge Frau?«

Dankbar nickt mir Elkes Mutter zu. Ein Lächeln will in meine Augenwinkel kriechen. Die Alte halte ich in Bewegung, so, wie sie den Automaten in Bewegung hält. Ich nehme Elkes Hand. Sie duldet es. Brenner-Norbert kommt von dem Tresen gehinkt.

»Hoppla, ihr Bande, da bin ich wieder. Bei jedem zweiten Schritt macht mein Bein hoppla. Prost!«

Ich versuche zu überrechnen, wie lange wir »Prost« sagen können. Die Frauen werden sich zurückhalten. Es wird schon reichen.

»Und, was bist du für einer?« Elke tippt mit einem Finger gegen meine Backe, als ich den Kopf zu ihr drehe.

»Ich bin ein Chemiker in unkündbarer Stellung. Mein spezielles Wissen, das sind Oxidationsprozesse biochemischer Natur.« Norbert grinst mich an. Hatte er mitgekriegt, dass der Peter Brauer und ich bei Kohle und Heizöl arbeiten?

»Ja, Chemiker bin ich. Jetzt mache ich Kasse.«

»Da bist du ja was ganz Schlaues? Ich mache auch krank.«

»Ja, man tut, was man kann. Wir hätten Zeit, Elke …«

»Du scheinst wirklich krank zu sein. Du siehst schlecht aus.«

»Na, so schlimm ist es auch wieder nicht.«

»Vielleicht pflege ich dich? Ehrlich, ich kann das.«

»Sie sind ein hübscher Mann, ich bin heute siebzig Jahre alt geworden. Haben Sie eine Zigarette für mich?«

»Ich werd verrückt, schon wieder unsere tote Oma.«

»Lass sie doch. Hier, ehrwürdige Frau. Es ist ein gesegnetes Alter. Darf ich Ihnen diesen bescheidenen Obolus anbieten?«

»Merkst du denn nichts, Michael? Sie nimmt dich aus.«

»Danke, der junge Herr. Siebzig bin ich geworden.«

»Merkst du nichts, Elke? Sie soll nur kommen, und einen Doppelten bekommt sie auch noch. Prost, Oma! Zum Wohl, Mutter, Norbert – hinein damit!«

»Ich heiße Annegret. Mutter, das klingt so alt.«

Ich sehe, wie die Alte den Korn in ihr schwarzes, zahnloses Mundloch stürzt. Norbert rülpst, alle lachen. Die Kneipe dreht sich um sich selbst. Norbert und Annegret machen ein Geschäft. Interessant daran ist, dass Norbert einen Zehner zugereicht bekommt.

»Norbert? Jede dritte Runde zahlst du. Nur die Oma kommt auf meinen Zettel, extra.«

»Nee, wir machen halbe-halbe. Ich gebe dir noch was, dann stimmt's.«

Er fühlt sich ertappt. Den Zwanziger hatte ich zwar für Norbert schon verplant, doch jetzt strecke ich meine Hand aus. Der Zehner wandert unter dem Tisch zu mir. Ich drücke Elkes Hand. »Elke, was bist du für eine? Du hast mir noch nichts darüber gesagt.«

»Ich? Ich sollte Verkäuferin werden, es hätte bald geklappt, doch meine Eltern kamen immer dazwischen.«

»Ach, lass sie aus dem Spiel. Du bist doch alt genug und kannst für dich allein entscheiden.«

»Heute ja, da hast du recht.«

»Siehst du, willst du einen Likör haben – einen Kirsch?«

»Ja, warum nicht. Korn ist mir zu hart.«

»Siebzig Jahre bin ich heute geworden …«

Ich hebe meine Hand und lasse eine Zigarette fallen. Elke kramt in einem Täschchen herum. Sie gibt der Alten ein Geldstück. Ich schiebe es über den Tisch. »Hier, gnädige Frau, einen Obolus für Sie, Prost!«

Alle heben die Gläser an und trinken der Alten zu. Sie lächelt und nickt. Norbert hält die Zigarette wie einen Dorn und deutet Hammerschläge an. Annegrets Kopf folgt Norberts Bewegungen, und ihre Plomben schimmern im Takt dazu.

»Elke, du bist eine gute Frau. Ich denke, dass du Herz hast, und du tust nur so, als ob du knallhart wärst.«

»Trage nicht so dick auf. Ich war mal in der Schule gut. Bis zur sechsten Klasse. Sogar meinen Staatsanwalt habe ich ausgetrickst – zur Verhandlung alles widerrufen. Die haben das Urteil bestimmt schon fertig gehabt und mussten es wieder in den Kasten legen. Der Kumpel, der mir geholfen hat, sitzt jetzt.«

»Du warst schon im Knast?«

»In drei Monaten wäre meine Bewährung abgelaufen. Vorige Woche ist mir was Scheußliches passiert. Ich wollte heute mit Mutter darüber reden, doch sie interessiert sich nur für ihr neues Waschbecken, du siehst es ja. Zu Hause können wir nicht miteinander reden. Mein Vater säuft. Wenn der richtig auftankt, bleib ich tagelang weg.«

»Und, was ist dir passiert?«

»Halb so schlimm, ich war mit einer Freundin im Kaufhaus. Die erwartet ein Kind, hat kein Geld, und da sind wir losgezogen. Babysachen und ein Kinderwagen, sie haben uns erwischt. Warum interessiert es dich?«

»Nur so. Ich überlege, ob ich dir helfen kann.«

»Mich kann keiner retten.«

Der Spielautomat surrt aus. Zwischen Elke und mir ist nur ein kurzer Blick der Verständigung nötig. Sie legt auf den Platz der Alten Geld, ich eine Zigarette. Wortlos schlurft sie heran, nimmt beides an sich und geht zwei Tische weiter. Der alte Kerl knurrt böse: »Übertreibe es nicht, Marie!«, und setzt die Zigarette in Brand. Die Alte geht zum Automaten und steckt das Geld in den Schlitz. Norbert will nach Bier und Schnaps gehen.

»Bringe einen Kirsch-Whiskey mit, Norbert!«

»Einen Kirsch-Whiskey mehr?«

»Ja, und einen Korn weniger. Elke, hör mal zu: Weißt du, was du brauchst? – Ein Kind brauchst du. Du hast dann eine Aufgabe, und in den Knast stecken sie dich auch nicht.«

»Schön gesagt, mein Scheißerle. Ich habe aber keine Wohnung und auch sonst nichts.«

Sie seufzt leidgeplagt. Das hätte ich ihr nicht zugetraut. Sanft drücke ich mein Knie gegen ihr Knie. Sie erwidert den Druck und greift zum Glas. Norbert stellt das Tablett ab. Er beugt sich zu Annegret und erklärt ihr, wie welche Wasserhähne funktionieren und wie viel sie kosten. Elkes Lippen sind fast an meinem Ohr.

»Auf die jungen Kerle ist kein Verlass. Was soll ich da mit so einem Wurm? Ich weiß nicht …«

»Jedenfalls ist Knast keine Perspektive für eine junge, schöne Frau.«

»Ja, ich habe Angst vor dem Knast.«

Norbert verteilt Gläser und Annegret mustert mich neugierig.

»Na, ihr versteht euch wohl? Meine Elke ist ein gutes Mädchen.«

»Kümmere dich um dein Waschbecken! Was geht es dich an, ob mir Michael gefällt.«

»Stimmt!« Norbert macht mit. Annegret zwinkert nervös mit den Augen und fragt nach einem Warmwasser-Boiler. Als die Alte kommt, gibt ihr Norbert einen Groschen, und ich schiebe ihr einen Korn zu. Sie lächelt und kippt im Stehen den Doppelten in ihren zahnlosen Mund. Ich stoße mit Elke an.

»Prost! Wollen wir nachher ohne die zwei abhauen? Hast du eine eigene Bude?«

Ich fühle meinen Hals steif werden. Mir wird es eklig zumute, wenn ich mir nur die Matratzen, das Geschirr und die Flaschen in meiner Wohnung vorstelle.

»Falls es bei dir dreckig ist, so ein bisschen, das kann ja sein, dann mach dir nichts daraus. Ich kann eine Wohnung aufräumen.«

Ich wippe mit dem Oberkörper zustimmend nach vorn. Das Schnapsglas schwebt noch immer vor meinem Mund. Entschlossen trinke ich. Nur so kann ich das feinnervige Zittern meiner Beine und meines Bauches bekämpfen. Alles ist verrückt. Seit einer Woche suche ich krampfhaft nach Anschluss, komme aus meinem Suff nicht mehr allein heraus, und neben mir, in dieser verrückten Kneipe, da sitzt ein junges Ding, und sie will mich haben. Die liebe kleine Elke, hat die einen Mut. Ja, wenn ich die letzten Medikamente so einteile, dass ich langsam aufhören kann, dann wäre ich den Fusel los und hätte dafür eine Frau an meiner Seite. Eine, mit der ich in die Kneipe gehen kann, eine, die auf mich achtet und mich menschlich aufrichtet. Eine, die meine Wäsche in Ordnung hält. Eine Frau, die mir das Essen macht und mit mir das Bett teilt. Sie muss mich früh wecken, damit ich pünktlich zur Arbeit komme. Eine Frau fürs Leben – wenigstens für eine gewisse Zeit. Wenn ich sie hätte, ich glaube, ich würde den Schnaps nicht mehr brauchen. Bestimmt würde ich viel weniger trinken – ganz bestimmt. Vielleicht gar nichts mehr, denn ich wäre ein glücklicher Mensch.

Ich umschlinge Elkes Ellenbogen und ziehe sie an mich heran.

Ihre Mutter stört uns sehr. Sie lächelt, diese Elke. Wie ihr Haar kitzelt. Elke ist schön. Ihr Haar riecht gut.

»Norbert, wir trinken noch einen oder zwei Korn, dann gehe ich mit der Elke los.«

Er nickt, schiebt sein starkes Kinn vor und leckt sich die Lippen. Elke lässt mich an ihrer Zigarette ziehen. Ich sauge am Filter und will die Zigarette aus Elkes Fingern heben. Sie lächelt und spreizt ihre Finger.

»Siebzig Jahre bin ich heute geworden. Sie können mir das ruhig glauben, siebzig Jahre alt. Haben Sie eine Zigarette für mich? Sie sind ein hübscher Mann. Haben Sie eine Zigarette, ich bin heute siebzig Jahre alt geworden.«

»Na klar habe ich eine Zigarette für dich, Oma. Norbert, hast du noch einen Groschen? Danke. Hier Oma, gehe brav zum Spielautomaten. Na, Norbert, hast du der Annegret schon eine Duschkabine eingebaut? Annegret braucht eine Duschkabine.«

»Einen Boiler und 'ne Mischbatterie bau ich ihr ein. Gibst du mir deinen Zettel? Ich hole noch 'ne Runde.«

Annegret streichelt kaum merklich Norberts Handrücken, als er aufsteht und zum Tresen hinkt. Die Zahlenscheiben im

Spielautomaten surren. Jemand sagt übertrieben »Oh«, doch im verräucherten Dunst der Kneipe ist das nicht auszumachen. Es wird ruhiger. Wie das klingt, schon wieder »Oh«. Auch Elke schaut zum Automaten. Die letzte Zahl läuft aus. Norbert kommt mit dem Tablett, doch vor dem Tisch bleibt er stehen und schaut ebenfalls zu der Alten, die gebannt auf die Zahlen starrt. Es wird still im Raum. Ein feines Klicken ist zu hören. »Aaah«, stöhnen die Männer und Frauen.

»Die GOLDENE SIEBEN. Drei Sieben! Siebzig Jahre bin ich heute geworden. Ha, ha, ich habe Glück. Die Glückssieben!«

Im Automaten rattert und schaltet es, und danach setzt ein klirrendes Getöse ein. Die grauhaarige Alte hat ihren Rockrand zu einem Bündchen gerafft und schöpft mit der freien Hand den Geldstrom in die Stoffmulde vor ihrem Bauch. Sie schöpft, es klimpert und klingelt wie toll. Alle reden auf sie ein. Da gibt es einige, die schon mehrmals die GOLDENE SIEBEN hatten, doch noch nie hätte der Automat soviel ausgespuckt.

Die Alte kommt zu uns geschlurft und hebt ihren Rockschoß über den Tisch. Behutsam lässt sie den Stoff aus ihrer Hand gleiten, schiebt das Geld in die Tischmitte und setzt sich. Sie beginnt zu zählen, zählt irgendeine Summe ab und wackelt schwerfällig zum Wirt. Wir schauen ihr nach. Sie kauft ein Päckchen Zigaretten, geht mit schwankendem Bauch an unserem Tisch vorbei und legt dem Kerl die Zigaretten hin. Der schaut nur missmutig hoch, brabbelt einige unverständliche Worte und reißt die Schachtel auf. Die Alte lächelt, kommt zu uns und setzt sich wieder. Bedächtig sammelt sie das Geld ein und stapelt es zu kleinen Türmchen. Mit offenem Mund lacht sie die Türmchen an und schiebt sie hin und her.

»Na, Marie, gibst du einen aus? Nun biste doch reich.«

Sie reagiert nicht auf Norberts Worte und baut eine Reihe auf. Halblaut nuschelt sie das Geld an.

Sie muss sich sehr konzentrieren, drückt ihr längliches Kinn an den faltigen Halsansatz und sabbert. Ihre Augen verdreht sie. »Ich bin heute siebzig Jahr …«

Wir wenden uns ab. Annegrets Atem schlägt an mein Ohr.

»Schrecklich, Oma ist besoffen.«

»Lasst sie pennen, meine ich.«

Ich decke mein Gesicht mit den Händen zu. Ich muss grinsen. Die Alte ist ja noch schlimmer dran, als ich es bin. Sie ist total fertig. Ich stelle mir ihren Unterrock vor, als sie das Geld auf den Tisch ausschüttete. Elke drückt mir einen Kuss in die Haare.

»Jetzt oder nie. Wir hauen ab …«, sagt sie. Weitere Worte verstehe ich nicht. Sie gehen im krachenden Gepolter unter.

Oma ist vom Stuhl gefallen und streckt ihre dünnen Beine hoch in die Luft. Erschrocken fahren Köpfe herum. Wir haben uns erhoben. Sie liegt mit hochgerutschten Kleidern auf den Dielen. Sie schaut mich an. In ihren trockenen, rotumränderten Augen sammeln sich Tränen.

Plötzlich bläht sich in meinem Mund die Luft. Ich muss laut lachen und lache in bestürzte und angewiderte Gesichter schallend hinein. Dieses Lachen bringt das Blut in mir zum Rauschen und führt mich vom sanften Gliederzittern weg. Ich höre mich selbst, doch ich kann es nicht unterdrücken. Es ist ein hysterisches Kollern aus meinem Bauch. Mein Hals schwillt an, er quetscht mir für Sekunden die Luft ab. Als mich eine grobe Stimme anherrscht, kann ich mich nicht beruhigen.

»Du willst zahlen!« Vor mir steht der Wirt. Seine große, feuchte Hand schwebt auf mich zu und packt mich am Kragen. Mein Lachen stirbt unter seinem harten Griff. Ich möchte den Wirt mit einem Faustschlag niederstrecken. Er hat mein Lachen getötet. Er schiebt mich an der Wand hoch und stülpt mit der freien Hand meine Hosentaschen um, wühlt in der Hemdtasche. Ich bin machtlos, und mit hängenden Armen sehe ich zu, wie er das Geld, die Zahncreme und meinen Ausweis auf den Tisch legt. Er lässt mich los, ich falle auf den Stuhl. Er sortiert mein Geld, gibt auf den Pfennig genau das Wechselgeld heraus und geht zum Tresen zurück. Ich suche meinen Kram zusammen, nehme Elke den Zettel mit der Adresse aus der Hand und ducke mich.

»Geh, sag ich dir!«

»Der hatte 'ne Menge Ärger.«

»Du kannst bleiben, Norbert, aber der geht!«

Wie der mich anbrüllt und anstarrt. Die Marie liegt immer noch auf den Dielen. Der alte Kerl steht auf. Er schimpft leise und hebt sie hoch. Sie strampelt, aber sie lässt sich in die Höhe kippen. Als sie steht, streichelt der alte Kerl flüchtig ihr dünnes Haar. »Na komm, Marie.«

»Es platzte heraus, ich konnte nichts dafür ...«

Norbert schaut weg. Ich stecke mein Geld, die Zahncreme und den Ausweis ein. Hat Elke den Zettel mit der Adresse gelesen?

»Ja, na dann. Kannst ja draußen warten. Ich mache nur noch das Geschäft mit Annegret perfekt.«

Elke steht auf. »Ein schöner Freund bist du!« Norbert reagiert nicht.

Die Kneipe atmet in einem Rhythmus, wie ein dutzendköpfiges Drachentier, das jeden Moment über uns herfallen will. Hastig drängeln wir uns zwischen Stühlen und Tischen durch. Die Tür klappt hinter uns zu. Vorbei der Lärm und der Rauch. Wir stehen in der Dunkelheit.

»Was machen wir jetzt?« Ich zünde mir eine Zigarette an. Im Lichtschein des Streichholzes sehe ich Elkes aufmerksame Augen.

»Ich gehe mit, Michael. Du hättest nicht so sehr über Oma lachen dürfen.«

Elke hakt sich unter meinem Arm ein und zieht mich von der »Alten Börse« fort. Ihr warmer Atem gibt mir Vertrauen. Unsere Schatten verwirren mich und rollen wie dunkle Zungen auf uns zu. Fester klammere ich mich an Elkes Arm. Sie duftet nach einem Parfüm, das mich an überreifes Obst erinnert. Schwer stütze ich mich auf Elke ab.

Ich muss an den Zettel denken. Damit keine Ungereimtheiten entstehen, erkläre ich: »Heute war ich in der Firma. Mein Chef hat mir eine Adresse mitgegeben, es ist ein Unfall in der Firma passiert. Ich sollte es schon am Tage erledigen. Es ist eine traurige Sache. Ich habe es versprochen …«

»Wenn es so ist, dann gehen wir vorbei. Ist es auf dem Weg zu dir?«

»Ein Umweg ist es schon. Vielleicht zehn Minuten.«

»Gut, wir gehen. Ich bin dabei.«

Eine finstere Straßenschlucht nimmt uns auf. An uns jault eine Straßenbahn vorbei und wirft bizarre gelbe Lichtflecken gegen die Häuserwände. Vor uns kriecht ein Mann auf dem Bürgersteig. Krampfhaft versucht er, sich an einer Säule hochzuziehen. Der Mann rutscht immer wieder weg. Elke zieht mich sacht auf die andere Straßenseite.

»Kümmere dich nicht um ihn.« Ich bin Elke dankbar. Sie geht friedlich neben mir. Sicher denkt sie nach, und das soll sie auch. Mit mir wird sie es nicht einfach haben. Jedenfalls in den nächsten Tagen nicht. Eigentlich ist sie ein dummes junges Ding. Von fern hören wir den Betrunkenen singen. Bestimmt ist es so einer, der sich morgen früh bei seiner Frau entschuldigt und dann in den Keller oder Dachboden geht.

»Schweigen ist nicht schlecht.« Wir nicken einander zu. Hier muss die Straße sein. Meine Beine wollen mir nicht recht gehorchen.

»Los, was ist?«

Ja, dort müsste es sein. Die Nummer 6. Ich zähle ab, Lohmann, die dritte Etage.

»Na los, mach schon!«

»Wartest du hier?«

»Natürlich – kommst du die Treppen allein hoch?«

»Ich werde doch noch laufen können.« Ich werfe die Zigarette in den Abtreter und drücke energisch auf den Klingelknopf. Meinen Kopf lasse ich im Nacken rollen. Sterne und die Dachrinne sind hoch über mir, aber kein Fenster öffnet sich. Im Treppenhaus geht das Licht an und im gleichen Augenblick wird der Summer betätigt. Das Schnarren fährt mir in die Knochen. Ich muss nochmals klingeln und stemme meinen Fuß gegen die Tür. Hoffentlich ist die Tür nicht verschlossen, denn falls die Frau herunterkommt, kann es mit Elke Ärger geben. Die Tür springt auf und ich verschwinde ins Treppenhaus.

»Warte, bis ich wiederkomme!« Was ich immer reden muss, sie wird schon warten.

Das Stufensteigen strengt mich an. Auf dem zweiten Treppenabsatz bleibe ich stehen und schnappe nach Luft. Mein Atem. Ich habe Angst davor, ihn nicht mehr zu spüren. Drei Etagen, ich gehe langsam. Ich atme mit offenem Mund und gehe auf den letzten Treppenabsatz zu. Hinter dem nächsten Geländerknick wird Frau Lohmann stehen, die von Peter Brauer angebetete Fleischwerdung. Nun komme ich, Naumann, der Peter einen letzten Dienst erweist – im Auftrag des Chefs. Trinker-Naumann, der die letzten Stufen eilig nimmt, nüchtern kommen sollte und jetzt für jede Stufe mindestens drei Tropfen Schnaps verbrennen muss, um vor ihr zu stehen.

So eine Frau. Sofort stecke ich meine Hände in die Hosentaschen. Gut zurechtgemacht hat sie sich. Sie steht vor mir, lässt mich nicht hinein. Ihre Augen sind klar. Gelassen ruht ihr Blick auf meinem Gesicht. Nein, sie wird es noch nicht wissen – woher auch?

»Guten Abend, Frau Lohmann – Peter kann nicht mehr kommen.«

»Wieso?«

Da steht sie nun in ihrer weißen Bluse.

»Peter wird nicht kommen, ich weiß das.«

Wie sie mich mit schnellen Blicken mustert. Leise und betont spreche ich in ihre schönen Augen hinein: »Peter war mein Freund. Seit einer Woche ist er tot. Gehen Sie nur hin – auf dem Südfriedhof liegt er.«

Sie atmet tief durch, und ich sehe, wie ihre Brüste die weiße Bluse heben.

»Wer sind Sie ...? Sie sind doch betrunken! Mensch, schlafen Sie sich aus.«

Ein heißer Schmerz sticht in meiner Brust.

»Was soll ich sein – besoffen? Vielleicht sind Sie es. Sie, nur Sie haben Peter ins Grab gebracht!« Tränen sammeln sich in meinen Augen.

»Gehen Sie, ich kenne Sie überhaupt nicht. Sie reden Unsinn.«

Sie geht einen Schritt vor: »Ein Wort noch ...«

Ihre Hand wandert zum Klingelknopf der Nachbarwohnung. Ich ziehe mich auf die erste Treppenstufe zurück. Wut rüttelt mich und ich schnappe über.

»So seid ihr alle, ihr Lumpen!«

Sie klingelt beim Nachbarn. Auch das noch.

»Gehen Sie doch hin, Reihe 82, Nummer 18, oder fragen Sie Peters Mutter, die wohnt im Rosengarten, aber auch das wissen Sie nicht – Rosengarten 7!«

Ich stolpere die Treppen hinunter. Hoffentlich liegt der Nachbar schon im Bett. Nein, so wollte ich es nicht sagen, so nicht. Die vernünftigsten Worte bleiben mir im Hals stecken, weil mich alle dazu zwingen, ihnen zu erklären, warum ich getrunken habe. Ich taumle gegen einen Lichtkasten. Die Beleuchtung geht aus. Keuchend bleibe ich auf dem letzten Absatz stehen. Elke kommt mir entgegen.

»Was war denn los?«

»Ach die, die haben gerade gefeiert – und ich habe gestört. Eingebildete Leute.«

»So?«
»Ja! Komm, wir müssen hier raus.«
Schwer stütze ich mich auf Elkes Schultern. Sie führt mich durch die Haustür und den Vorgarten.
»Michael, du verscheißerst mich. Wer ist gestorben, und was ist passiert? Bist du ein Trinker?«
»Nun höre auf damit, das braucht dich nicht zu interessieren.«
»Das soll mich also nicht interessieren, aber mitkommen soll ich, und mit dir ins Bett steigen möchte ich bitte auch. Dafür bin ich gut genug.«
»Elke, wir gehen einen Schluck trinken. Bitte, Elke.«
»Du bist ja verrückt, du bist genau so, wie die anderen Kerle auch.«
»Elke, wir kaufen eine Flasche Wein und danach gehen wir zu mir. Höre mal zu! – Ich mache dir ein Kind, damit du nicht in den Knast musst – ehrlich!«
»Du Schwein!«
Ihr Schlag trifft mich unterhalb des linken Ohres. Ich falle und reiße zwei Mülltonnen mit. »Elke!« Im Licht einer Straßenlaterne sehe ich, wie sie geht. Sie hat nicht nur eine gute Figur, sie hat auch einen schönen Gang.
»Elke, du kommst zurück!«
Ihre Bewegungen verlieren sich im Dunkeln. Noch einmal sehe ich ihre Strickjacke aufschimmern, als sie den Fußweg wechselt. Sie will zum Markt hinunter. Ich werde sie finden. Ich brauche mich nur auf die Seite zu rollen und mich mit den Ellenbogen abstützen. An der Mülltonne kann ich mich festhalten. Langsam komme ich hoch, doch die Mülltonne rutscht in den Rinnstein und wirbelt herum. Hilflos suche ich mit den Händen einen Halt, aber ich falle längs auf den Rücken. Die Häuser drehen sich. Schweigend tanzen sie um mich herum und schauen aus gelben Fenstern hochmütig herab. Das ist nicht der Schnaps allein, der sie zum Tanzen bringt. Ich bleibe

liegen. Der Damm aus Medikamenten bricht endgültig, und die dumpfe Dämmerung in mir, die meine Schwäche ist, sie überflutet mich.

Ich muss Elke holen. Elke muss mir helfen. Ich drehe mich auf den Bauch und krieche mit den Knien an meinen Oberkörper heran. Meine Knie sind unter meinem Bauch angekommen. Ich habe Mühe, meinen Arsch in Balance zu halten. Vorsichtig richte ich mich auf. Vor den Mülltonnen habe ich Angst. Ich rutsche zum Zaun. Es ist eine harte Arbeit.

Ich muss auf Schnapssuche für die Nacht gehen, sonst bin ich morgen erledigt. Mein Verstand arbeitet erschreckend hitzig und klar. Soweit war ich noch nie, aber das glaube ich jedes Mal. Die Nichttrinker kennen mein Leid nicht, auch nicht die Psychiater.

Wo ist bloß die verfluchte Elke? Sie soll mich mitnehmen zu mir. So, ich stehe. Elke muss mir Schnaps bringen. Hätte ich ihr doch die Wahrheit gesagt. Nein, die hätte mich im Dreck sitzen gelassen. Ihr Vater ist Alkoholiker.

Meine Beine spielen auch wieder mit. Dort ist der Markt. Die Straße fällt ab und treibt meine Schritte voran. Nur nicht fallen, nur das nicht. An der Ecke steht das Rathaus. Na, Bürgermeister, gib mir einen Rat oder werde saufsüchtig, dann sitzt du auch ratlos in einer Kneipe. Ich kürze den Weg ab. Elke wird an der Haltestelle warten. Sie kann mich nicht im Stich lassen. Strafen will sie mich. Strafe, das Wort schwirrt mir durch den Kopf. Denken ist, an überhitzten Drähten im Kopf zu ziehen – immer wieder ziehen zu müssen.

Ich brauche eine Bank. Unterm Turm ist es schattig. Wie der Marktplatz im roten Licht aufstrahlt. Es ist sündhaft teuer. Wer hat daran seine Freude? Beruhigend und stark steht der Turm hinter meinem Rücken. Er ist düster, ich bin es auch. Er wird langsam zerstört durch Wind und Regen, doch der Zeit hält er trotzdem stand. Ich habe mich in knapp anderthalb Jahrzehnten zur Ruine heruntergewirtschaftet. Mein Kopf, ist er krank? In der Kindheit liegen die Ursachen, die später den Verstand töten können, so ähnlich sagt es Doktor Freiberg. Ach, ich möchte ein Turm sein. Ich würde mich allen Bedingungen anpassen. Der Anpassungsfähigste hält am längsten durch. Wie viel Kraft benötige ich zur Anpassung? Ohne Schnaps würde ich genauso sicher wie der Turm in der viel gerühmten Brandung des Lebens stehen. Nach den Gesetzen der Statik ruhe ich auf dem Fundament meiner Nüchternheit. Mein inneres Gleichgewicht würde mich lotrecht halten. Kleine Fenster – das wären meine Gefühle. Mein Herz würde noch viele Jahre nach steingewordenen Prinzipien und Verhaltensregeln schlagen. Irgendwann würde ich sterben.

Nein ich bin kein Turm. Ich bin bestenfalls eine winzige Erhebung, die nur aus Schutt besteht, und jetzt will der Schutthaufen Naumann Wasser lassen. Das ganze Bier der Welt möchte durch mich laufen. Doch der Turm ist zu hoch. Er lässt sich nicht stürzen.

In mir ist es geräumiger geworden. Ein flaues Gefühl steigt in meinem Bauch langsam höher. Ob diese Elke in die andere Richtung gegangen ist? Ich muss mich vorhin geirrt haben. Ich hätte auch die andere Richtung nehmen müssen. Ich brauche Schnaps, jawohl, Schnaps brauche ich. Es wird nicht mehr lange dauern, dann halte ich mich nicht mehr aus. Alles ist egal, außer Schnaps. Eine Straßenbahn kommt – Menschen werden aussteigen. Hier sieht mich niemand. Ein baufälliges Haus. Die Tür ist vernagelt. Schade, ein schönes Versteck. So ein altes Haus passt zu mir besser als der Turm. Keiner würde mich suchen. In so ein Haus werde ich gehen. Sobald mein großer Tod beginnt. Ich möchte dann allein sein. Bis zur nächsten Ecke schaffe ich es. Ich muss warten. Ein Mann führt seinen Hund aus. Das Tier schaut mich an. Die Augen funkeln im Laternenlicht. Endlich. Der große Platz ist leer. Kein Auto parkt hier, kein Mensch geht hier. Drüben steht die Burg. Im Burgkeller ist eine Nachtbar. Dort beginnt der Abend jetzt erst richtig. Na, die würden mich aber die Treppe hochjagen. Weg von der Tür, hinter der anständige Leute Wein trinken und sich zum Geldverdienen beglückwünschen. Die werden mich nicht leiden können, denn ich bin denen zu dreckig und zu faul. Wo gibt es Schnaps? Leute, rückt einen kräftigen, brennenden Schnaps heraus. Danach belästige ich euch nie wieder!

In einem Eingang leuchtet es. Die Tür ist weit geöffnet. Na, wenn die Tür offen ist, dann lädt der Studentenclub ein. Ich muss mich die Treppe hinuntertasten. Ich brauche ein paar Doppelte. Die alte Marie aus der »Börse« hat Schuld. Über hundert Gramm hat sie auf meine Kosten angenommen und ausgetrunken. Sie hat mir meinen Schnaps ohne Gedanken und Gewissen geklaut.

Von innen kenne ich den Turm nicht. Peter ist oft hier gewesen, hat er mir erzählt. Seine beste Zeit hätte er hier verbracht. Der Gang macht einen Knick nach unten. Interessant, ich werde weitergehen. Musik aus einem Radio irgendwo. Wer weiß, ich gehe dem nach. Der Biergeruch ist von feinem Schnapsduft durchsetzt. Eine Flasche nur, eine einzige Flasche möchte ich kaufen, dann wäre ich froh. Ich habe so eine Ahnung. Studenten sind auch bloß Menschen. Die laufen manchmal herum, aber so dreckig wie ich, so fertig wie ich, sind sie nicht, glaube ich. Der gefährliche, schwarze Knick. Ich muss weiter. An der Wand stütze ich mich ab. Eisig kalt ist die Wand.

»Eeeh, was machst du hier?«

Ich ziehe Speichel im Mund zusammen, sonst kann ich nicht antworten. Besser, ich lehne mich an, die Wand schützt meinen Rücken. Bärtig sind sie beide, aber noch sehr jung.

»Na, was ist los?«

»Ich wollte nur fragen …«

»Was willst du fragen?«

»Bekomme ich einen Schnaps?«

Ich halte ihnen den Geldschein entgegen. Ratlos schauen sie mich an, bis der Rotbärtige verneint. »Kollege, hier ist doch keine Kneipe. Geh nach Hause.«

»Nur einen einzigen Schnaps, einen Doppelten?« Sie sind unsicher. Ich überzeuge sie. »Ich bitte um einen Schnaps.«

Der Bärtige kann meine Worte wohl nicht verstehen, denn er dreht sich um und winkt jemanden heran. Er lacht gutmütig. »Hier, Holger, der Herr bittet um Schnaps. Geld hat er auch. Na, ich empfehle mich.«

Er haut ab. Dieser Holger baut sich vor mir auf. Er trägt einen gelben Bart und ein straffes Kugelbäuchlein mit sich herum. Wie er mich durch seine blitzende Brille abschätzt. Es wäre besser für mich zu gehen.

»Du hast also Durst!«

Was soll ich davon halten? Ich hebe das Geld höher.

»Du hast also Durst auf Schnaps?« Ich denke, ich träume, und ich gehe ihm nach. Die Treppe ist ein guter Platz. Ich setze mich. Wortlos nimmt Holger mein Geld. Ich muss vertrauen. Neben mir steht ein Klavier, dahinter ein ausgestopftes Pferd. Wie mag es in den Keller gekommen sein? Ich werde mich auch präparieren lassen – als Trinkerdenkmal. Eine Ruine in Blau.

Holger kommt wieder. Schön von ihm. Er trägt einen Stamper und einen halben Liter. Wie das Körnchen funkelt und schillert. Meine Hände fliegen vor wildem Verlangen. In meiner Brusttasche knistert der Zwanziger. Den schiebe ich tiefer ins Hemd. Jetzt kann ich die Zigaretten herausholen und Holger eine anbieten. Ist das ein Kumpel.

»Da!«

Ich nicke dankend mit dem Kopf und lehne mich an das kühle Gestein. Ich will trinken, aber mit einer Hand geht das nicht. Ich werde beide Hände nehmen müssen. Holger beobachtet mich. Ich kann von ihm aber nicht verlangen, dass er wegschaut, nur weil meine Hände zittern.

»Du bist ein Alkoholiker.« Er nippt vorsichtig an seinem Bier. Mir ist das egal, doch ich grinse verlegen.

Er schwenkt sein Bierglas zum Innenraum. »Du bist nicht falsch. Hier sitzen nur Säufer. Ihre Gespräche sind zum Kotzen. Du scheinst mir wenigstens ein ehrlicher Kerl zu sein, denn du sagst, was du willst – saufen. Halte mal deine Hände gerade.«

Warum soll ich ihm den Gefallen nicht gönnen? Meine Finger spreize ich aber nicht. Ich kann es nicht.

»Na also, hochgradiger Schütteltremor. Dein Kreislauf wird bald zusammenbrechen, und die Pupillenreaktion?«

Ich schieße mit dem Hinterkopf gegen die Kellerwand, als er ein Streichholz vor meinen Augen zündet.

»Also, die ist stark gemindert. Du bist schlecht dran.«

Ich gebe ihm das Schnapsglas. Wortlos stellt er sein Bier ab, geht um das Pferd herum und verschwindet ins Innere des Turmes. Der meint wirklich, dass ich fertig bin. So ein Dilettant, der hat vielleicht ein paar Semester Medizin studiert und wurde dann gefeuert. Nun sitzt er im Turm. So ein Angeber, aber immerhin, er bringt mir einen nächsten Schnaps, und das ist sehr vernünftig.

Ob das Klavier noch in Ordnung ist? Es reizt mich. Nein, ich probiere es nicht aus, sonst läuft hier alles zusammen, und dann ist es vorbei mit Korn und Sitzen. Holger kommt wieder und bringt mir diesmal zwei Korn mit. Sein Bier steht noch halbvoll neben mir. Ich habe es nicht angerührt. Jetzt schiebt der Schnaps langsam, aber sicher die Krallenhand in mir von meinen Eingeweiden weg zur Wirbelsäule hin. Ich spüre, wie ich durchatme und mich gerade aufrichte.

»Holger heißt du, bist ein prima Kumpel. Du, ich spiele Klavier.«

»Ich auch.« Er schwingt sich von der Treppe hoch, tritt an das Klavier und klimpert ein hastiges »Hänschen klein, ging allein.« Ich muss lachen, und es ist wahrhaftig ein gutes Lachen. Den letzten Tropfen Korn lasse ich über meine Zunge in den Bauch rinnen. Ich strecke die Arme aus und spreize meine Finger. Das Zittern ist verhaltener geworden. Es schüttelt mich in nur großen Abständen an den Schultern durch. Hin und wieder tanzt der kleine Finger meiner rechten Hand, doch das ist für ein verstimmtes Klavier nicht so sehr von Bedeutung.

»Holst du noch einen Doppelten für mich?«

»Kannst du nicht langsamer trinken?«

»Ich kann gut und fehlerfrei aus dem Gedächtnis spielen. Bringst du noch einen, dann spiele ich.«

Wie er mich angrinst und geht. Ich werde warten. Er glaubt mir nicht. Ich werde dem Pferd etwas vorspielen. Nur das traurige Pferd wird mein dankbarer Zuhörer sein. Das Pferd hat keine Zähne. Die verspielten Studenten werden sie herausgepult haben. Das arme Pferd. Holger kommt wieder. Er ist nicht mehr allein. Mir egal.

»Holger, wie viel kostet bei euch der Schnaps?«

»Fast Ladenpreis!«

Beruhigt gehe ich zur Garderobe und hole einen Stuhl. Ich setze mich und breite meine Arme aus. Seltsam, dieses Gefühl der Sicherheit. Acht Jahre Klavierunterricht und dazu meine Mutter mit ihrem eisenharten Willen. Es wird wohl das Einzige sein, was ich bisher einigermaßen konnte. Ich spiele »Hänschen klein«. Erst schwerfällig, danach locker und im Walzertakt. Es läuft immer besser. Hinter mir ein deutliches Gemurmel. Holger legt seinen Arm lässig über die Kruppe des toten Pferdes. Kurz sehe ich in das zahnlose, schwarze Maul und sehe nicht das Pferd, sondern Marie, Automaten-Marie, vor mir.

»Was soll ich spielen? Macht Vorschläge.«

Holger schüttelt ablehnend den gelb behaarten Kopf.

»Nichts weiter, bleibe dabei, sonst sperre ich dir den Schnaps. Du kannst das Lied noch mehr variieren.«

»Was anderes würde sich besser eignen.«
»Nichts da oder du bekommst keinen Schluck mehr.«
»Holger, du bist doch ein Kumpel.«
»Ja, bin ich, und die anderen sind zum Kotzen. Los, spiele!«
Und ich spiele. Von allein laufen meine Finger. Ich wiege mich auf dem Stuhl. In hitzigen, harten Takten biete ich das »Hänschen« als Polka an, und sofort wächst es sich unter meinen Fingern zu einem grell vorgetragenen Rock and Roll aus.
Über meinem Kopf schwebt ein behaarter Arm und stellt einen Schnaps auf das Klavier. Mit der linken Hand spiele ich weiter. Verhalten kriechen meine Finger über die Tasten. Ich greife nach dem Glas, und mit einer schnellen Bewegung schütte ich den Fusel in mich hinein.

Im Halbkreis stehen fünf junge Männer um mich herum. Das Pferd grinst mich an. Ich grinse das Klavier an. Ich werde es zum Lachen bringen, und wir werden die ganze Truppe hier auslachen. Noch einen kleinen Schluck. Ah, fühle ich mich gut. »Ein versoffenes Genie!« Damit meinen sie mich. Ich schwabbele auf dem Stuhl, probiere ihn aus. Er ist eindeutig zu niedrig. Egal! Mir rutscht das Thema unter den Fingern fast weg und ich überspiele es bis zur nächsten Variation.

Hänschen geht allein im Takt eines Twists durch die Welt und verliert Stock und Hut.

Auf dem Klavier stehen bald drei schillernde Schnäpse. Ich atme tief durch. Mein Spiel durchrüttelt mich und jagt mir warme Schauer über den Rücken. Wieder greife ich zum Glas und lege mit einer Hand ein Zwischenspiel vor. Es wird Hänschen Stock und Hut zurückbringen. Härter und schneller schlage ich die Tasten an. Mein Spiel klingt in mir, und ich brauche jetzt niemanden, ich brauche nur mich. Es ist genügend Schnaps da, so viel, dass ich neue, freie Rhythmen finden kann. Ich suche nach Glanzpunkten für mein Spiel, und eine Intuition treibt mich auf das braune Pferd zu.

Meine Finger gleiten über das glatte Fell und ich entlocke ihm sanfte, klingende Töne. Ich umarme den guten Gaul, und dumpftraurig braust es unter meinen Händen. Meine Umarmung geht in ein helles, wütendes Ringen über, doch ich lass mich von dem ausgestopften Popanz nicht unterjochen und setze mich, selbst ein Hänschen, auf den breiten Rücken – es ist und bleibt mein Pferd. Ich hänge kleine Glöckchen als bimmelnden Schmuck an die Brust des Braunen und setze mit einer hastiglauten Galoppade ein. Nun spiele ich mich frei und erkenne ein Gefühl, das mich an die samtige Kehle des Pferdes gehen lässt. Ich kralle mich fest und drücke zu. Das Klavier stöhnt auf und will sich von mir trennen, doch ich bleibe im Sattel, reiße wild am Zaum, und schrill wiehert es auf. Ich habe die weichen, warmen Lippen des Tieres zum Bluten gebracht. Mit griffigen Fingern und raumgreifenden Händen beruhige ich das verletzte Pferd. Eine sehr sanfte Weise in Moll-Tönen treibt uns auf eine Wiese. Ich lockere die Zügel und lasse aus der Ferne das Motiv anklingen. Ich kreise es ein. Fliegend wechseln meine Hände – ich greife zum Glas. Mit der Rechten spiele ich gelöst und in der höchsten Tonlage das »Hänschen klein«.

Neben mir steht einer, der trägt einen Folienbeutel vor dem Bauch.

Ich beuge mich vor. Im scharfen Ritt gleiten meine Finger über die Tasten und führen mich auf das freie Feld. Der Braune schwitzt sofort. Weiß-graue Fetzen reißen sich flockig von seinem Maul. Ich schließe die Augen und zerre mit wahnsinniger Lust an den Zügeln. Das Klavier bockt und schreit gequält unter mir auf.

Blitzschnell schnappe ich hinter mich und habe den Folienbeutel in der Hand. Eine Zeitschrift wirbele ich heraus, werfe ein Buch dem Pferd zu und schlage wütend mit dem Ellenbogen krachende Dissonanzen. Hinter mir klatscht jemand in die Hände. Ich reiße, ratsche, knülle und raschle mit der Folie, und mit dem rechten Bein trete ich im Takt auf den Stuhl. Holger lacht hysterisch auf, ein anderer brüllt begeistert. Sie spornen mich an. Energisch trinke ich, greife danach zum letzten Glas, drehe mich schreiend zur Seite und klatsche den Schnaps in das zahnlose, alte Maul des guten Pferdes. Es wiehert höhnisch, und ich taumle zum Klavier zurück. Leise, sehr leise spiele ich das Thema noch einmal durch, so, wie ich es begann, und löse mich davon. Eine alte Rechnung ist noch offen. Die begleiche ich jetzt. Schon immer haben mich die schwarzen Tasten eines Klaviers beunruhigt, nur, ich hatte zuviel Ehrfurcht davor. Ich fasse in meine Hosentasche, nehme die verzogene, knittrige Zahncremetube und beiße die Schraubkappe mit den Zähnen ab. Höher und höher spiele ich mit einer Hand, mit der anderen quetsche ich die Tube leer. Ich lege einen weißen, sehr schönen Streifen über die schwarzen Tasten. Das sieht gut aus. Ich freue mich sehr. Es ist ruhig um mich, als ich die Arme hebe und den Kopf senke. Das Radio unten spielt nicht mehr. Ich habe gespielt. Der kleine Kerl nimmt seinen Folienbeutel und sammelt Papierfetzen auf. Aus dem Pferdemaul tropft der gute Schnaps. Ich warte auf meine Belohnung, doch sie schweigen. Endlich bewegt sich einer von den Jungs. Es ist der Rotbärtige. Wortlos packt er mich, zieht mich hoch und schiebt mich auf den Ausgang zu. Ich spüre mein Entsetzen und will ihn abwehren. Er schüttelt nur den dicken Kopf hin und her und stößt mich weiter. Ich falle über ein Bierfass. Das letzte, was ich sehe, ist ein lachendes Pferdemaul. Ich strample mit den Beinen in der Luft herum und bleibe auf dem Rücken liegen. Keiner hilft mir, nicht einer. Vor mir stehen sie wie grimmige Tiere.

»Du hast eben Pech gehabt, Alter.«

Jetzt höre ich Holgers Lachen. Sehr laut und äußerst hysterisch. Es trifft mich und meckert und kollert in meinen Ohren und treibt mich aus dem Club. Auf allen vieren krieche ich die Treppen hoch. Schneidende Herzschmerzen drücken mir den

Atem ab. Ich schnappe nach Luft und presse sie in die Lunge. Jede Sekunde kann mein Herz wie eine Frucht zerplatzen.

Ich kralle mich am Geländer fest und lebe nur von kurzen Atemschlucken. Ein Bein schlinge ich um ein Stück Zaungitter.

Nur langsam kehrt mein Atem zurück. Es ist heulende Verzweiflung, die meinen Verstand in die Zange nimmt und mich auf die nahe Brücke treibt. Ich werde mir eine tiefe Stelle aussuchen. Einfach fallen lassen. Jetzt bleibe ich auf der Brückenmitte stehen. Eine letzte Zigarette noch.

Unter mir das Wasser, es ist nicht nur von der Nacht so schwarz. Ich beuge mich weit vor und beobachte die schmutzige Flut, die sich im Schlammbett wälzt. Ölränder blinken in Lichtreflexen. Schlamm-Plasma. Lebendiges Plasma, das an der toten Böschung hochkraucht. Schillernd und schwerfällig überschwemmt es Bürgersteige und Straßen. Meine Augen tränen, doch ich ahne den Weg des Plasmas, das zäh und geduldig, mit glucksenden Lauten, in die Kneipen flutet, gegen Tresen und Theken anbrandet, die Wände der Wohnhäuser verkleistert und mit tausend Fingern durch Ritzen, Türen und Fenster in die Wohnungen dringt.

Noch weiter beuge ich mich über das Geländer und spucke hinab. Ich werde mich mit dem Schmutzwasser vereinen.

Es glänzt wie Maschinenöl und riecht wie ein entfernter, verkommener Verwandter des Alkohols. Das Geländer presst meinen Bauch. Hätte ich noch Blut im Körper, dann müsste mein Kopf im Dunkeln rot aufleuchten. Pulsierend müsste er aufleuchten. Doch ich bestehe nur noch aus Medikamenten und aus Alkohol. Mein Magen glüht unter dem Druck, der meinen Körper schüttelt. Nur sehr wenig von mir geht mit dem Wasser mit.

Hinter mir raunzt und krächzt ein Sprechfunkgerät. Zwei schwarze Schatten in einem PKW bleiben auf der anderen Straßenseite stehen, sie sprechen wahrscheinlich über mich und fahren langsam weiter. Sie nehmen Wortfetzen mit und verlieren sich in einer Nebenstraße. Von dort aus werden sie mich beobachten. Ich kann nicht mehr in den Fluss schauen, es erwürgt mich fast. Ein Fressladen. Was wird, werfe ich die Schaufensterscheibe ein? Werden sie mich mitnehmen? Ja, sie stellen meine Personalien fest. Naumann, Randalierer – Ordnungsstrafe! Die Aussichten, in eine Zelle zu gelangen, um auf das Abklappern zu warten und dann in die Klinik zu kommen, sind sehr gering.

Mein Magen verträgt den Schnaps nicht mehr, daran wird es liegen. Vielleicht hat meine Stammkneipe noch geöffnet, nur zwei Straßenecken weiter. Ich hole mir eine Flasche Wein. Morgen muss ich doch frühstücken. Einen Einschlaftrunk brauche ich auch. Dafür reicht eine Flasche nicht aus. Ich habe zwanzig Mark.

Bis zur Frau Liebetreu schaffe ich es. Ich sehe mich überdeutlich auf der Straße gehen. Mein Schatten schwankt. Lautlos und unauffällig muss ich bleiben. Ich bin aus meiner Person herausgestiegen und gehe als mein Schatten mit mir mit. Ich kontrolliere mich. Andere steuern mich. Immer geistern die anderen Leute durch meinen Verstand. Mein Kopf schmerzt mir davon.

Bei Frau Wirtin brennt noch Licht. Das ist gut, das Lila-Licht. Sie wird mich verstehen, sonst haue ich ihr den Laden kaputt. Dann würde die Polizei kommen. Ab in die Wache, ab nach Hause? – Und dann? Oh, die Tür ist noch offen. Heute Nacht – die Nacht der offenen Türen. Das Radio dudelt. Frau Liebetreu poltert Stühle hoch. Einen Schritt und noch einen Schritt mache ich.

»Es gibt nichts mehr!« Sie dreht sich nicht um und poltert mit ihren Stühlen.

»Herrschaften, die Zeit iiist um!« Damit kann sie mich nicht meinen, ich bin keine Herrschaft.

»Ja, was gibt es denn – ach, du!«

»Frau Liebetreu?« Sie hält einen Stuhl mit den Händen hoch und ihre Körperhaltung ist eine Drohung.

»Naumann, willst du Schulden bezahlen?«

»Ja, es war ein Zufall. Bei Ihnen brannte noch Licht.«

»So, Licht hast du gesehen. Wo ist das Geld?«

»Frau Liebetreu, ich habe nur den Zwanziger.«

»Na, das reicht doch aus. Du willst wohl was? Jeeeh, wie du aussiehst. Bist wohl auf Sauftour?«

Ich nicke ergeben und reiche ihr den Geldschein, während meine Blicke die Flaschen abflitzen. Schade, es reicht nur für eine.

»Die Flasche Wein rechts, Frau Liebetreu, und noch ein Päckchen Zigaretten.«

Der Geldschein verschwindet in einer Kassette. Die Wirtin reicht mir den Wein und die Zigaretten und scheucht mich wie ein Huhn mit einer Handbewegung vom Tresen fort.

»Nun ist aber Schluss, meine Herrschaften, nun ist Schluss.«

Tapsig schiebt eine rotgesichtige Dicke ihre weißen Beine unter einer tief hängenden Tischdecke hervor. Ich bin erschrocken darüber, weiß nicht, warum, und höre, wie die Dicke schnauft. Ich halte meine Flasche fest und fliehe.

Für Sekunden schwimme ich im Glück, als ich die ersten Schritte nach Hause gehe. Es ist ein schwerer Wein. Er wird mir helfen, die Nacht zu überstehen. Vorsichtig laufe ich, sehr vorsichtig. Scherben bringen Unglück.

Über dem Asphalt tanzen blaue Flämmchen. Mehr und mehr springen aus dem Nichts hervor. Sie bilden einen blauen Ring. Ich trete in den lautlosen Flammenkreis, der mich nicht verlässt und um mich schwebt. Erst die Flasche wird den Kreis verscheuchen. Ein flüchtiger Angstschauer durchrieselt mich heiß und will mich aufbrechen, damit die blauen Flammen ungehindert in meine Brust schlagen können. Das wäre mein

Ende. Ein Augenpaar begleitet mich von Tür zu Tür. In Federn eingebettet schauen mich die Augen weich und traurig an. Erstarren möchte ich, doch meine Beine tragen mich weiter. Glockenschläge dröhnen in meinem Kopf. Ich bleibe stehen. Alles ist still. In den Ohren rauscht es – Mitternacht.

Sisyphos I – VII

»Sisyphos« I–VII, entstanden 1995,
Monotypie auf Vlies
Format: 50 x 70

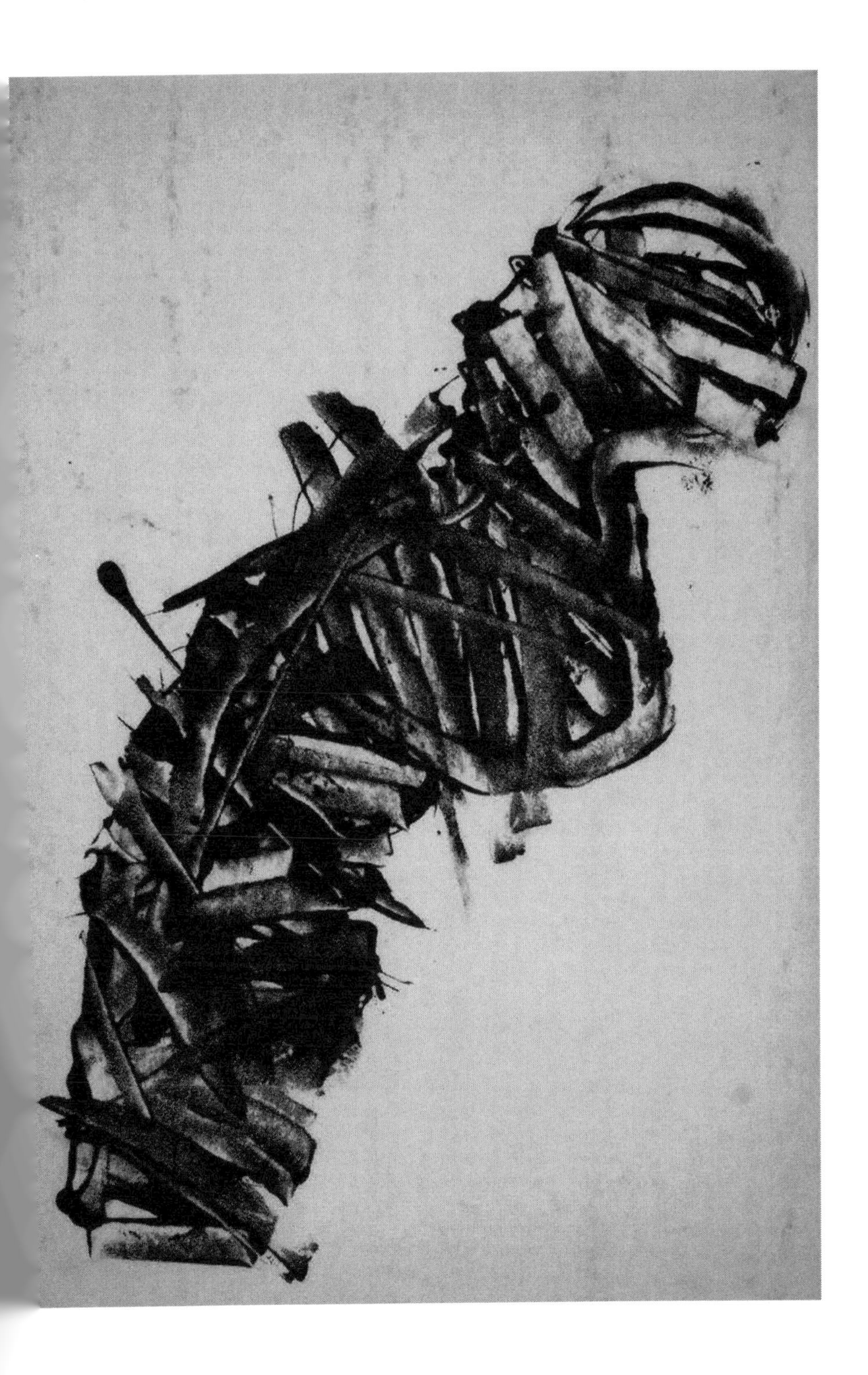

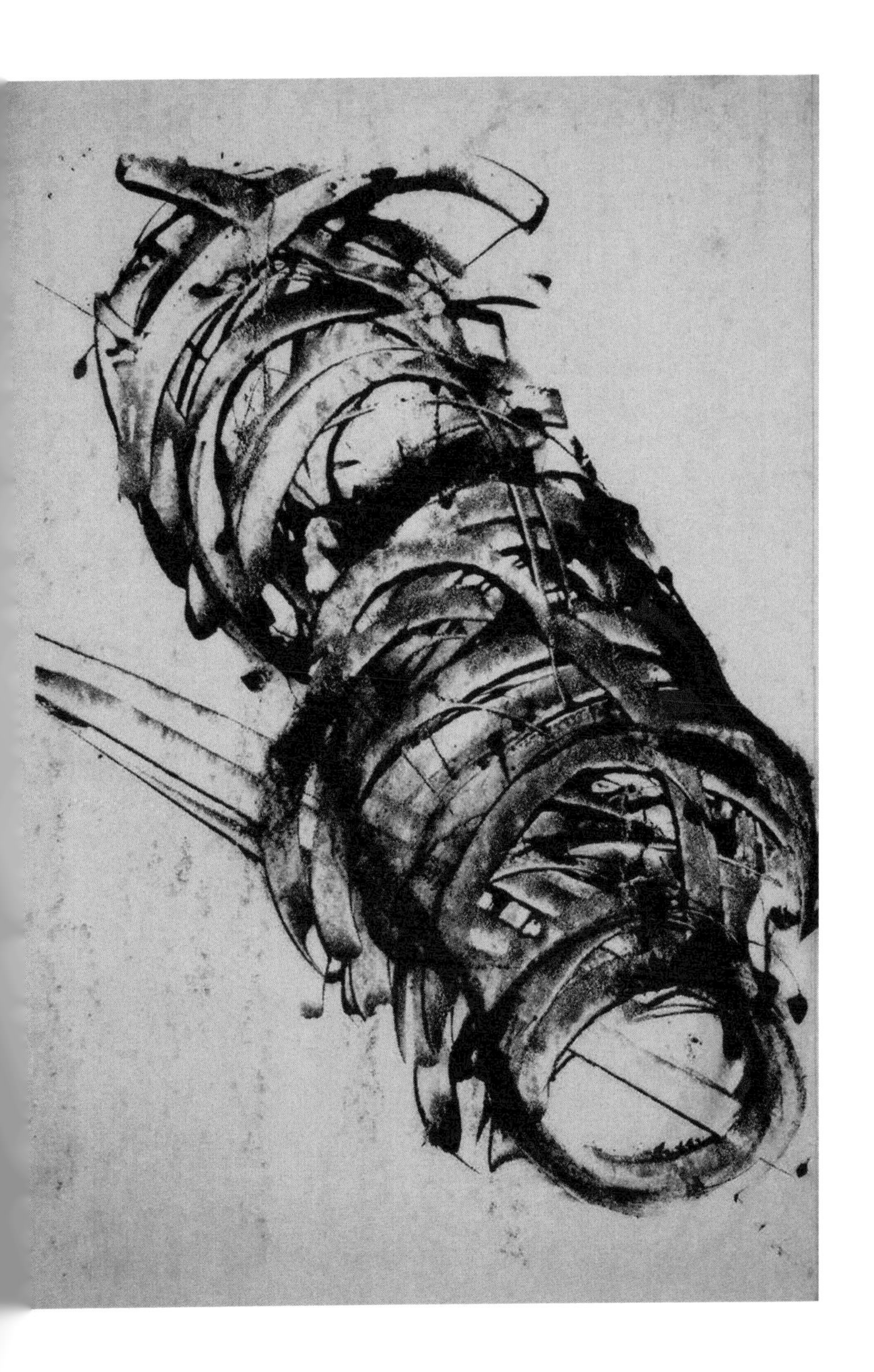

Eine Doppelsonne zum Leben

Ich höre mich aufstöhnen, schätze den Weg vor mir ab und schließe die Augen. Mein Körper trägt mich über Steinplatten und an Türen vorbei. Ich will mich erkennen und erfassen und fühle mich gestört. Mit blinzelnden Augen suche ich den Weg vor mir ab. Zwei Monde nebeneinander schimmern kalt und silbrig. Ein Augenpaar. Es geht mit mir mit. Federweich streichelt der Nachtwind meine Wangen. Mein schwerer Kopf staucht den Nacken. Das Augenpaar hüpft mit jedem Schritt …

Ich stehe vor der Haustür. Den Schlüssel stoße ich in die fremde Pupille – rechts. Das Augenpaar verblasst. Ich taste mich an der Wand entlang und finde den Lichtschalter sofort.

Direkt vor mir steht Buschendorfs Kinderwagen. Ich falle und lege mich mit meinem ganzen Gewicht auf den Wagen. Die Flasche! Sie ist heil geblieben. Ich schaukle auf der Kinderkutsche, das Gestell gibt nach.

Morgen wird die Buschendorf den Kinderwagen wie im Sturm vor sich herschieben, denn er hat Schräglage. Sollte sich was schämen, dieses großmäulige Weib. Enrico, hier, kannst meine Kippe rauchen.

Ich warte nicht, bis sich meine Augen an die Dunkelheit gewöhnen. Hastig taste ich mich über den Hof bis zum Hinterhaus. Muffiger Geruch schlägt mir entgegen. Ich muss kichern, ich bin zu Hause. Dann stehe ich vor meiner Tür. Erst einmal in allen Räumen das Licht an. Hier brauche ich mich vor niemandem verstecken. Das wäre ja noch schöner. Die Matratze hängt wie eine dicke blaue Zunge aus dem Fenster. Mit dem Fuß schiebe ich meinen gelben Mantel in eine Ecke, die nicht so sehr von Gerümpel überladen ist. Ich lasse mich auf den alten Sessel fallen und ziehe die Knie ans Kinn. Bald wird der Vermieter mich rauswerfen.

Das Radio steht auf dem Ofen. Wieso eigentlich? Der Ton kommt und verliert sich. Hat die Welt mir was zu sagen? Überall fiept und faucht es, und plötzlich reden alle durcheinander. Ich drehe an der Abstimmung: Ein Erdbeben wird kommentiert, und Spenden werden angewiesen – schlimm, in Indien sturmflutet es – auch sehr schlimm. Wir wollen Brot für alle – richtig. Die Rekordernte ruiniert uns – wir sind in Not, Not ohne Ende.

Was bin ich dagegen. Dort steht die Flasche. Das Licht brennt. Die Tür ist verschlossen. Es ist eine irre Welt, und das Schlimmste ist, ich habe niemanden, mit dem ich reden kann. Ich bin so allein, und auch das Radio, das alles überdröhnt, hilft nicht von mir weg. Den Schlager kenne ich doch. Den sang auch mein Bruder Hagen, bevor er das Land verließ. Zu Hause wurde nicht darüber gesprochen. Über Vaters Tod auch nicht. Mutter wollte das nicht hören. Für sie musste die Welt in Ordnung sein, wie in alten Zeiten. Alles musste stimmen, alles so bleiben, wie es war. – So ein Schwachsinn! Nichts ist in Ordnung.

Ob Mutter meine Frau und meinen Sohn noch zum Sonntagsbraten einlädt? Sicher. Schweigend werden sie die Vorsuppe löffeln. Danach wird meine Mutter über den Toten und den Vermissten sprechen, als ob sie jeden Augenblick zur Tür hereinkommen könnten, während meine Frau versuchen wird, das Gespräch auf unseren Sohn zu lenken. Sie macht es aus Anstand, doch unser Sohn ist erst nach dem Braten dran. Mutter wird den Löffel ablegen und wortlos den Braten aus der Röhre holen. Der ist zweifellos gut gelungen und muss jeden Sonntag einfach da sein. Hagen, wird sie sagen, Hagen IST ein guter Esser, und wäre ich am Tisch, ich müsste erwidern: Hagen ist ein guter Esser. Altmodisch und dumm war alles, ich war betrunken, als ich sagte: Der Hagen liegt in der Wüste und frisst heißen Sand. Meine Familie ist eine kaputte Familie, und der

Hagen war noch der Vernünftigste von uns, denn Vater und ich, wir haben uns von Mutters Ehrgeiz kleinkriegen lassen.

Bald werden sie mir den elektrischen Strom abklemmen. Die zweite Rate war schon fällig. Das Licht flackert. Ach, sollte jemand wegen der Raten kommen, lebe ich nicht mehr. Ich mache das immer so, und erst, wenn der Kassierer gegangen ist, dann lebe ich wieder. Sobald es mir besser geht, werde ich Strom von der Schusterei abzapfen.

Schön, wie das Radio den Schall in meine Ohren drückt, doch der Empfang ist schlecht. Die Lautstärke schwingt auf und ab. Ich lasse mich von den Schallwellen in die Küche treiben. Vorbeugen ist besser, als – na ja. Im Halbdunkel des Kühlschrankes liegt das Röhrchen. Meine zweitstärkste Waffe gegen den Entzug. Besseres habe ich nicht. Das Röhrchen stecke ich in die Hosentasche.

Wieder flackert das Licht. Hell, dunkel, hell, dunkel wird es. Die Abstände sind unregelmäßig. Wer sagt es denn, da liegen ja die Vitamine. Seitdem ich Doktor Freiberg kenne, sind davon schon einige Kilo durch meinen Bauch gewandert. Fünf Dragees genügen. Was ist bloß mit dem verflixten Licht los? Die Glühlampe signalisiert mir Impulse. Ein seltsames Spiel. Ich beobachte es und spüre ein heißes Fließen in meinem Innern. Es umschleicht rhythmisch meinen Magen und dehnt sich im Bauch aus. Unwillkürlich rutscht meine Hand mit, wandert zur Brust und bleibt über meinem Brustbein stehen. Hell – dunkel – hell – dunkel. Es ist mein Herzschlag. Ein wahnsinniger Schreck durchzuckt mich, wirft mich gegen die Küchentür, treibt mich die drei Schritte ins Wohnzimmer und lässt meine Hand fahrig zur Dessertweinflasche greifen. Hell-dunkel schillert der smaragdgrüne Flaschenhals vor meinen Augen. Die Angst kippt mich nach vorn und katapultiert mich in die Küche zurück. Einen Korkenzieher, einen Öffner, ich weiß nicht was. Ich suche und bohre meinen Daumen gegen den Kork.

Er gibt nicht nach, er regt sich nicht. Die Glühlampe flackert in immer kürzeren Abständen, und heftiger steigt die Hitze im Hals hoch, fließt in meine Ohren und tobt und wummert dort. Ein kalter Schwall bricht aus meinen Poren. Angstkrallen zerren in meiner Brust. Mühsam schnappe ich nach Luft. Die siedenden Wellen in mir wollen meine Augen aus den Höhlen drücken. Schreien möchte ich, die Flasche! – Ich schlage den Flaschenhals auf den Rand des Spülbeckens. Das Klirren singt irrsinnig hell in meinen Ohren. Meine zappeligen Finger suchen und flitzen im Spülbecken herum, um es mit dem Gummistopfen zu verschließen. Es gelingt mir erst, als mich die panische Angst in die Knie zwingt. Ich hocke vor dem Becken, bestaune mit aufgerissenen Augen weinbespritztes Geschirr und halte den Flaschenboden fest. Ich werde beobachtet. Augen sehen auf mich herab. Mein Blick klettert ruckartig in die Höhe, bleibt über dem Küchenofen stehen. Ein grün-gelbes Fabelwesen. Kondoraugen. Wieso ein Kondor? Wie kommt ein Kondor in meine Küche? Er bewegt sich nicht und sitzt auf dem Ofen. Der Kondor ist mächtig und hässlich. Er ist wie meine Angst. Angst ist sinnlos, so sinnlos wie die Bewegung eines grünen Blattes, das von einem Baum herabschaukelt. Mein Herz hämmert und saust. Von meinen Fingern tropft Blut. Es rinnt mit dem Wein vermischt am Handgelenk herunter. Ich greife mit der unverletzten Hand nach dem offenen Schraubglas und kippe die Kapseln in meinen Mund. Vorsichtig stelle ich den Weinrest neben mich. Jetzt mache ich Schluss! Die lange spitze Scherbe werde ich nehmen. Ich setze das Glas an mein Handgelenk. Der Kondor wandert mit meinem Blick. Still und ernst schauen mich die grünen Augen an. Ich muss lächeln. Mein Verstand ist scheußlich klar. Ich drücke langsam zu. Das Medikament wird mein abfließendes, vergiftetes Blut ersetzen. Vollpumpen werde ich mich. Die Scheibe bohrt sich in die Haut. – Meine Arme fliegen auseinander. Nur sehr wenig Blut sickert aus der aufgeschlitzten Haut. Nein, ich kann es nicht. Ich wollte es, doch ich bin zu feige. Was bin ich für ein Feigling. Ich werde den Wein trinken. Scherben werden in meinen Bauch rutschen. Das werden Qualen sein, die dann kommen. Ich habe es doch so gewollt. Warum sich gegen das Ende wehren? Nur eine leichte Drehung.

Hier, an der Bruchstelle, setze ich meine Lippen an. Ich neige den Kopf weit nach hinten. Der Wein umschmeichelt süßlich meine geschwollene, pelzige Zunge. Ich gieße ihn durch die Zahnlücken. Noch fester beiße ich zu, immer mehr, je weniger im Flaschenboden ist. Warum sollte ich die Scherben mittrinken. So bringe ich mich nicht um. Befreiend steigt Luft in mir hoch. Eine Krampfwelle reißt meinen Unterkiefer herab, und ich muss niesen. Ich niese, schnaube und muss mich am Spülbecken festhalten. Blind taste ich Teller und Tassen ab. Ich kann meinen Mund nicht schließen und spüre, wie eine Krampfwelle meine Magengrube erreicht.

Es ist eine Explosion. Nach jedem Atemzug stoße ich unartikulierte, glucksende Schreie aus. Ich falle auf den Rücken. Die Krampfwellen kommen und gehen, die inneren Erschütterungen werden schwächer. Grell beleuchtet die Glühlampe die Küche. Ich wälze mich zum Kühlschrank, ziehe mich an ihm hoch, taumle und torkle, falle auf die Knie und drehe den Wasserhahn auf. Den wackelnden Wasserstrahl lenke ich auf meine Hand. Hastig schnappe und schlucke ich, beuge mich vor, trinke und trinke und stöhne dazu. Der nächste Krampf packt mich. Er schüttelt mich durch. Angeekelt ziehe ich den Stopfen heraus, sehe den restlichen Wein abfließen und schicke im Intervall das Wasser aus meinem Innern nach. Es ist grün eingefärbt.

So mache ich ein halbes Dutzend Füllungen und Entleerungen durch, bis sich meine tobende Magengrube beruhigt hat. Mein Magen, und was dazu gehört, will vor dem Schnaps kapitulieren.

Ich bin leer! Mir ist klar, in mir ist nichts mehr drin! Der Gedanke erwürgt mich fast. Zwischen den Splittern und dem dreckigen Abwasch suche ich nach Resten. Ein bisschen Wein, ein kleines bisschen Wein muss doch zu finden sein! Tränen laufen über mein Gesicht, als ich im Waschbecken krame und suche. Meine hüpfenden Finger gleiten zu den Vitaminen. Ich hebe das Kinn. Sie rutschen und fallen in meine Speiseröhre. Ich schlucke faulig schmeckenden Speichel nach. Mein Atem wird regelmäßiger, und ein dumpfes Wärmegefühl bringt meine Oberschenkel zum Kribbeln. Sollten die Kapseln doch wirken? Vielleicht ist ein kleiner Rest meine große Chance. Traumschlaf bis zum frühen Morgen. Die ersten Läden öffnen ihre Türen. Ich nehme das Gläschen aus der Hosentasche und schicke den Vitaminen ein bitteres Dragee nach. Das Radiogerät stört mich. Auf meinen Ellenbogen und Knien krieche ich über den Fußboden. Nass und schlierig ist der Boden. Sogar die Türschwelle macht mir Schwierigkeiten. Ich robbe weiter, drehe mich seitlich und schiebe mich vorwärts.

Ich habe es geschafft. Die Dudelei in der Kiste war unerträglich. Ich ziehe mich am Sessel hoch und hocke mich hin mit angezogenen Knien.

Erst konnte ich mit dem Trinken nicht aufhören und wollte es unbedingt – jetzt kann ich weder trinken noch aufhören. Ich werde verrückt! Käme doch nur das Ende, Herzschlag und aus. Warum ist es so eingerichtet, dass vor dem Tod noch gestorben werden muss?

Eine Zigarette werde ich mir anzünden. Wenn das Zeug wirkt, ertrage ich die Zigarette. Das Medikament Wundermild. Hätte ich mehr davon, ich brauchte nur Kapseln und würde eine Woche ohne Essen und Alkohol auskommen können. Warum geben die Mediziner so wenig davon her, wenn es doch so sehr hilft? Ich verstehe das nicht. Schon Jahre beobachte ich mich genau und weiß über mich Bescheid. Mir kann keiner durch seine Diagnose was vormachen. Ich kenne meine Traumstunden, meine Sternstunden, und auch meine Trauerstunden kenne ich gut. Mein ganzes Leben ist eine einzige Abhängigkeit geworden. – Mutter, dann meine Frau und jetzt: der Schnaps. Kaum bin ich aus einer Abhängigkeit heraus, da hat mich schon die nächste, und wenn es bloß ein dämliches Medikament ist.

Die Zigarette schmeckt. Langsam und elegant bewege ich meine Hand, nehme einen Zug nach dem anderen mit den Lippen vom Filter. Nein, die Psychopharmaka sind keine Wunder, das Wunder bin ich, und ich zerstöre mich – ein einmaliges Werk. Zerstört und zufrieden. Ich verstehe meine Aufregung nicht. Das Fabeltier ist verschwunden. Nein, nichts, ich kann meine Augenlider senken. Durch einen Spalt beobachte ich das Zimmer – nichts.

Ich spüre meinen Körper. Wie wird es in mir aussehen? Ist dort der Saufgrund? Habe ich Krebs? Betäube ich den noch unbewussten Schmerz? – Mit Recht! Oh, links ist mein Herz installiert. Ich habe ein herrliches Herz. Es funkelt wie ein Rubin. Ich schwebe auf mein Herz zu. Der Rhythmus, der in meinen Augen mitschlägt, da ist er. Mein lebendiger Edelstein, wie ich dich liebe, wie ich an dir hänge. Daneben atmen die Lungenflügel. Sie erinnern mich an kupferne Beschläge, die an triumphalschönen Rippenbögen befestigt sind. Sie schimmern im rötlich-bräunlichen Wechsel, und das wird wohl mein Atem sein. Und das ist der Magen. Er rührt und bewegt sich nicht, und ich bin sehr froh darüber. Da die Galle und dort, mein Freund, die Leber. Sie hat die Form eines unansehnlichen Steines. Eine Klamotte, die zuviel wiegt und gegen die Rippenbögen stößt. Ich blicke hoch und erschrecke: Mein Gehirn schwebt über mir. Es sieht aus wie ein Blumenkohl. Der Kumpel auf der Bank! Hat er mir sein Gehirn für ein paar Groschen angeboten? War es ihm nicht mehr wert? Das ist doch ungeheuerlich! Er hätte es beinahe verkauft! Geld gegen Gehirn. Ein Gehirn im Netz. Das würde ich nie tun. Peter hätte es auch nie getan – er hat es einfach mitgenommen.

Peter, ich höre deine feine Stimme. Peter, du lebst? Ich wusste es, dass alle lügen. Peter, wir trinken ein schäumendes, kühles Bier. Warum ist nur dein Glas gefüllt, und warum gibst du mir nichts ab? Ich verstehe dich nicht, wir sind doch Freunde, und Freunde müssen zusammenhalten bis zum Tode.

Blitzschnell greife ich nach seinem Glas und laufe weg. Ich schwenke lachend die Biertulpe und nippe daran. Peters gieriger Blick ist auf das Glas gerichtet. Allmählich wird der Stiel der Tulpe heiß und beginnt zwischen meinen Fingern zu brennen. Ich will das Glas wegschleudern, doch es klebt wie geleimt an den Fingern.

Ich sitze und reiße den glimmenden Tabak von meinen verschmorten Fingerkuppen ab. Mit vertränten Augen betrachte ich ein versengtes, blasiges Nagelbett. Peter Brauer verfolgt mich. Vor Schmerz wird mir übel. Quälender Brechreiz treibt mich in die Küche. An der Tür rutsche ich aus und krieche hastig zum Spülbecken. Es ist ja Lebendigkeit, die mich auspumpt und durchschüttelt, doch ich glaube, ich gehe kaputt daran. Ich kann nicht mehr, ich gehe kaputt. Aber niemand würde nach mir sehen. Tagelang würde ich in der Wohnung liegen, das zweite Leben im Leib. Unerträglich, mich hier liegen zu sehen. Wo ist der Rasierspiegel? Ich will mich sehen. Nein, das kann ich nicht sein. Meine Augen sehen aus wie Blutklumpen. Auf meinen gedunsenen Wangen schält sich die Haut. Meine Stirn und das Nasenbein sind kalkweiß und die Lippen schimmern violett.

Wieder krampft sich mein Magen zusammen. Ich wiederhole die Prozedur. Krampf, Wasser, Galle, Medikament. Ich habe es: Jede Bewegung wird mir schwerfallen, jeden Krampf werde ich unterdrücken und jede wahnwitzige Vorstellung werde ich vertreiben. Eine Klammer aus weißem Eis wird meine Organe zusammenziehen. Ich weiß genau, wie es wirkt, doch das Medikament wirkt langsam. Erst nach und nach wird es meinen Körper krümmen und meinen Verstand überlebendig machen. Schnaps muss her! Ich muss meinen Magen überlisten. Außerdem habe ich vor dem Medikament Furcht.

Ich probiere einige Schritte. Laufen kann ich. Im Hauptbahnhof kann ich mir auch nachts Schnaps besorgen. Eine halbe Flasche würde genügen. Dort sitzen immer Typen, und hin und wieder hat einer was mit. Der Bahnhof hat mich noch nie enttäuscht. Nachts kann man am besten mit den Leuten reden.

Ich muss gehen, ich muss gehen! Den gelben Mantel ziehe ich über. Meine Hände wasche ich – wie es an den Fingern klebt. Bald kann ich mich besser bewegen! Ich muss gehen!

Geld nehme ich mit. Ohne einen Schein gibt es auch nachts nichts. Im Blumentopf liegen die fünfzig Mark. Der Schlüssel steckt von außen. Den Stecker vom Radio habe ich nicht abgezogen. Ich komme ja bald wieder. Das Licht lass ich brennen. Ich will nur eine Flasche holen, eine einzige Flasche Schnaps, um abtrinken zu können. Ich will doch mit dem Trinken aufhören, doch ohne innere Ruhe und Kraft geht das nicht. Gelassenheit bringt mir nur der Schnaps.

Finster ist der Hof und schwarz die Toreinfahrt. Buschendorfs Kinderwagen grinst mich schief an. Ich laufe einen Bogen. Meinen Verstand stoßen und stauchen meine abgehackten, schnellen Schritte. Im Takt beben die Laternen, die Bäume, die Häuser. Meine Beine tragen mich zum Markt. Ich habe Glück. Die Kinder und die Besoffenen … In einer der vielen Kurven kreischt eine Bahn und rast mit gelben Lichtern auf mich zu.

Einsteigen – ring – riiing, los gehts. Ich habe keinen Fahrschein. Mir gegenüber döst ein Kerl. Er trägt einen Schlips um den Hals. Er stört mich nicht, und ich werde ihn auch nicht stören. Er öffnet ein Auge, sieht mich und beginnt zu feixen.

Weiter schiebe ich mich in meinen Mantel hinein. Ich bin mit dem Kerl allein im Wagen. Er steht auf und stellt sich neben mich. Warum macht er das, und warum grinst er so? Er soll mich in Ruhe lassen. Angetrunken ist er auch, dafür habe ich einen Blick. Ich möchte aussteigen, weil er mir peinlich nahe steht, doch was ist dann, steigt er auch aus? Vielleicht will er sich abreagieren und mich aus Langeweile verprügeln? Nein, ich bleibe in der Bahn sitzen. Unsere Blicke treffen sich. Das wollte ich nicht. In seinen Augen flackert es unfreundlich auf. Er beugt sich vor zu mir. »Na, Assi, hast du 'ne Sonderfahrkarte fürs Krematorium gelöst?« Ich antworte nicht. Was will der Mann von mir? Ich kenne ihn gar nicht. Ich schließe meine Augen und werde warten. Bis er aussteigt. Schnell rollt die Bahn durch die dunkelblaue Sommernacht. Die Bedrohung durch den Kerl lässt mich weiter in meinen Mantel kriechen. Ich ärgere mich, denn das Stadtzentrum bleibt zurück, und mit jeder Minute entfernt sich die Straßenbahn vom Bahnhof. Sie fährt nach Süden. Die kleinen Räder trommeln die Schienen. Die Bahn schwingt und schaukelt. Ich öffne die Augen, der Kerl grinst mich an.

Wieder bremst die Bahn, und er steigt aus – endlich. Ich fahre nur noch eine Station mit und kehre dann um. Die Bahn hält neben einer Kirche. Ich steige aus und will sofort wieder einsteigen, doch der Fahrer fährt schon wieder an. Für eine Sekunde stehe ich sehr gerade und steif. Die Dunkelheit löst sich langsam auf.

Vor mir, flankiert von Edeltannen, beginnt die Allee der Toten. Der Südfriedhof. Nichts gelang mir in meinem Leben, gar nichts. Vielleicht gelingt es mir wenigstens einmal, das Richtige zu machen. Nur ein einziges Mal! Ich will mein Ende, mein so oft gewünschtes Ende! Alles im Leben habe ich falsch gemacht – alles. Heute werde ich das einzig Richtige tun. Ich lege mich zu den Toten. Ich will sterben. Ich halte es nicht mehr

aus in mir, ich will mich und die Welt nicht mehr ertragen. Ich mache Schluss! Meine entnervten Beine treiben mich auf das Friedhofstor. Hinter mir bleibt die nachtdunkle Stadt.
Es ist so, als sollte alles so und nicht anders kommen. Vor mir beginnt die unterirdisch bevölkerte Stadt, und sie ist so schweigsam, so finster und so stumm, dass sie über meine Vorstellungskraft geht. Ich bleibe auf dem Tor sitzen. Meine Beine baumeln. Ich habe Angst vor der nachtdunklen Tiefe unter mir.

Über die Gräber legt sich ein flackerndes, gelbes Licht. Es hebt die Bäume und lässt sie tanzen. Der Lichtschein wird heller. Ich sehe an mir herunter. Meine Beine sind in Helligkeit getaucht. Ich verlagere mein Gewicht und drehe mich um.
Langsam nähern sich Autoscheinwerfer. Sie blenden mich, verpassen mir einen Schreckstoß. Ich verliere das Gleichgewicht und falle seitwärts vom Tor in den Friedhof. Das Licht strahlt durch die Gitter und scheucht mich vom Weg herunter ins Dickicht. Eine Polizeistreife, bestimmt.

Kriechend schiebe ich mich durch Gehölz, überwinde bucklige Erdhügel, stoße mich an einem Stein und schwanke um zierliche Sträucher herum. Baumstämme und Büsche wippen im grellen Weiß, und ich fliehe auf schmalen Wegen vor dem Knall einer zuschlagenden Autotür.

Neben dem Hauptweg taumle ich auf die Kapelle zu. Ihre Fenster erscheinen mir wie schwarze Löcher zum Hineinschlüpfen. Es ist die mühsamste Leistung meines Lebens. Unterhalb einer Treppe setze ich mich auf einen kantigen Stein, um zu verschnaufen. Ich beobachte das auseinanderflutende Lichtfeld, das schwächer wird. Mein Körper zittert und der flache Atem hetzt mein Herz. Ich schaue mich um. Über mir schwebt ein Engel zwischen den Sternen und dem Kapellendach. Es ist der Engel der Überheblichkeit – umgeben von einem blauen Flammenmeer. Meine Hand gleitet in die Hosentasche, sucht am Gläschen herum und entnimmt drei Dragees.

Die Dosis wird ausreichen, um mich lahmzulegen. Ich falle bald um. Kalter Schweiß tropft von meinem Kinn. Mühsam unterdrücke ich ein Farbenspiel, das mein hektischer Verstand hervorsprudeln möchte.

Ich muss hier weg. Mein Atem scheint mir bis zum Hals zu strömen. Diese Halluzinationen sind unberechenbar, leiste ich keinen Widerstand. Der Engel lacht mich an, ich grinse wieder. »Wir sind unter uns, Michael.« Er antwortet nicht. Mein Herz ist wie ein rollendes Ei. Es schlägt spitz und hart. Es hämmert erbarmungslos schnell von innen gegen die Brust.

Unmerklich wird die schleichende Angst von mir genommen. Es ist, als hätte ich eine Bombe gegen die Herzangst in mir geworfen. Präzise und machtlos rechne ich die fortschreitende Starre meiner Arme und Beine auf. Die Dragees betäuben mich.

Nein, den weiten Weg bis zum Tor schaffe ich nicht, aber neben diesem Engel möchte ich nicht umfallen. Ich stelle mir den Weg bis zur Bank vor, ahne das Birkenbäumchen und Peters Grab. Ich erinnere mich an eine Hand, sie ist blau, sie weist, sie kreuzigt und spießt sie auf, die Nummer 18 der Reihe 82 in der Abteilung D. Meine Willenskräfte fließen in die Beine. Ich gehe vom Schatten des Sandsteinengels weg. Mit kleinen Schritten bezwinge ich die Dunkelheit. Nach jedem Schritt schließe ich die Augen und stoße meine schüttelnden Fäuste abwehrbereit ins Schwarze. Irgendwo vor mir muss Peters Grab sein. Zwischen den Bäumen schimmert schwachrotes Licht. Die Laternen des Marktes? Die Grabsteine werden mir vertrauter. Ich schwebe daran vorbei. Das könnte die Birke sein. Die letzten Schritte rolle ich auf den Außenkanten der Schuhe ab. Meine Fäuste wandern von der Brust zum Hals hinauf. Sie trommeln wie bei einem Hasen gegen meine Brust.

Nein, Peter, lass mich zufrieden. Ich habe mit mir zu schaffen. Später, viel später reden wir über deinen Selbstmord, über deine Kündigung und meinetwegen auch über deine Freundin, die dich wahrscheinlich im Stich gelassen hat. Hättest du dich um mich gekümmert, dann wären wir heute mit dem Auto in Thüringen gewesen. Mein Verstand pokert mit den blauen Flammen. Sie huschen im Gehirn kalt und hell umher. Über der Bank knicke ich zusammen und lasse mich gegen die Lehne fallen. Ich versuche, irgendetwas zu erkennen, sehe aber nur das Geisterlicht. Durch blaue Flammen marschieren stöhnende Gestalten auf mich zu. Der Schreck vereist meine Gedanken, und eine unbekannte Macht versucht sie in kristalline Formen zu pressen. Schluss damit, ich weiß doch, wo ich bin. Eine Zigarette werde ich rauchen. Die Finger meiner rechten Hand fühlen sich wurstig an. Kraftlos schaukeln meine Arme. Der Schnaps hat meine Knochen zersplittert. Sehnen und Bänder ziehen ruckartig an meinen Muskeln. Ich funktioniere wie eine Marionette. Endlich, das Streichholz brennt. Ich rauche mit der linken Hand. Träge bleibt der Glutstreifen in der Dunkelheit stehen, und ich kann ihn beobachten. Blau-rotes Gekringel hängt vor meinem Blick. Jetzt gehen sie auf mich zu. Ich will von ihnen weg. Im Rücken spüre ich den Druck der Banklehne. Sie kommen näher. Ich bin mitten unter ihnen. Sie haben keine Nasen, keine Augen. An ihren länglichen Körpern pendeln Arme. Die Gestalten berühren mich, gehen vorbei. Ein bittersüßer Geruch bleibt. Eine Leiche bleibt zwischen der Wassertonne und mir stehen – kommt näher, kommt immer näher und fällt auf mich. »Peter, lass mich zufrieden«, höre ich mich sagen. Ich erschrecke über meine Stimme. Sie klingt unwirklich. Ich fasse nach der Gestalt – nichts, mir bleibt nur der bitterfaule Gestank.

Eine rosa Wiese breitet sich vor mir aus. Gesichtslose Leichen ziehen vorbei. Eine schweigende Kolonne. Ein gewaltiger Vogel schwebt auf mich zu. Er pickt nach mir. Sein Schnabel – kalt und feucht – berührt meine rissigen Lippen. Der Kuss reißt mir den Mund auf und die Augenlider hoch. Ich ziehe an der Zigarette. Mein Kopf zittert kräftig. Die Zigarette fällt mir aus der Hand, die dann in die Hosentasche rutscht. Sie fliegt und hüpft in der Tasche umher, bis sie zwei Pillen zu fassen bekommt. Ich schlucke, lasse mich kippen und liege auf der Bank. Ich brauche Wärme. Mühsam schiebe ich den Mantelkragen hoch. Meine Arme haben immer wieder den Tick, als Pfötchen auf der Brust zu trommeln. Ich liege mit angezogenen Knien auf der Bank und starre in die Friedhofsnacht. Tränen laufen über meine Nase. Wann wird mein Herz das hastige Tuckern einstellen? Wie eine Maschine, die zum Feierabend abgestellt wird. Ich bin dann tot. Sterbe ich? Dann wird nur noch ein kalter Klumpen auf der Bank liegen. Mein Abbild – sie werden es dic sterbliche Hülle nennen – nehmen sie dann mit, ohne etwas von mir zu wissen. Mein Herz höre ich kaum noch. Mir bleibt nur ein schnelles, schwarzes Klopfen und ein ständiges Raunen, wie der Lärm einer unbekannten Stadt, die mich nicht interessiert. Die milde Luft mindert meine Schmerzen. Was wird geschehen, halte ich meinen Atem plötzlich an? Nicht viel, ich schnappe nach Luft und krieche weiter in mich hinein. Ich bin aus der Art geschlagen – wie mein Vater. Er soll ein Mensch gewesen sein, der immer nur Angst hatte. Hagen erzählte es mir oft, bevor er ging. Ich glaube, Vater war nur vorsichtig, und darum kroch er vor der Mutter und der Obrigkeit. Er hat es sich erlauben können, denn bestimmt waren ihm alle egal – völlig egal. Mein Vater mochte nur sich. Er starb singend.

In den Wochen danach verkroch ich mich hinter meinen Büchern, und Hagen zog mit einem Kofferradio durch die Stadt. Eines Abends sagte er mir, dass er in den Süden gehen würde. Er ging noch in der gleichen Nacht. Es war eine laue Sommernacht – wie heute. Wie ich weinte, als er ging. Hagens beschwörende Worte: Vater war ein Deserteur, denke nicht mehr an Vater.

Hagens Hände waren schmal und kräftig. Wie er erzählen konnte, mein Bruder, und feige war er auch nicht. Ich bin überzeugt davon, dass die Araber seinen unverbesserlichen Kopf abschlagen mussten.

Ich bin feige, denn ich habe mit dem Medikament meinen Körper von meinem Kopf abgeschnitten. Der Körper hängt an einzelnen Fäden. Durch sie fließen kalte Ströme. Meine Gedanken sind ruhig, und die Eiskristalle in meinem Verstand lassen sich ordnen. Ich registriere meine energielosen Beine. Sie hängen wie leere Schläuche an meinem Rumpf und sind vor meiner Brust weggeknickt. Meine Arme liegen im Sterben. Sie zucken nur noch. Die Impulse dafür erhalten sie von meinen Augenlidern. Ich zwinkere die schwarz-blaue Nacht an und sterbe stückweise ab – in kleinen Portionen. Im Bauch hält sich eine warme, weiß-blaue Sonne. Medikamente und Schnapsreste. Die Wärmezungen der Sonne brennen mein Herz aus und lecken meine Lenden. Ich finde es gut, es regt mich nicht auf.

Soll meinetwegen alles erstarren zu Eis und Schnee. Mich wird es nicht stören, so lange nicht, wie die kleine Sonne im Bauch scheint. Zwei Wünsche habe ich: nüchtern oder tot zu sein. Nein, ich möchte schlafen und nüchtern erwachen. Was würde ich machen? Natürlich nie mehr trinken. Ganz bestimmt sehr lange nicht. Ich überlege es mir nüchtern. Zwischen dem Himmel und mir ist eine gläserne Wand. Ich werde durchbrechen müssen, um mir einen Wunsch erfüllen zu können. Nein, es ist nicht zu schaffen. In meinem Kopf klirrt alles. Jetzt! – Über dem Glockenturm der Kapelle steigt ein blauer Funke. Ein weiß-blauer Punkt, der langsam nach oben schwebt. Ich wünsche mir – was soll ich mir wünschen? Gar nichts, Menschen können mir meine Wünsche nicht mehr erfüllen. Können die mich sehen?

In mir ist es kalt, wie es zwischen den Sternen sein wird. Einen Wunsch darf ich nicht haben. Es fällt keine Sternschnuppe mehr. Der Satellit verschwindet am Horizont. Es wird das letzte Mal sein, dass ich den aufgetürmten Sternhimmel über mir sehe. Allmählich verschwindet er vor meinen wässrigen Blicken und gleitet in den Weltenraum zurück.

Schwach zeichnet sich der Glockenstuhl im Türmchen der Kapelle ab. Ich sehe das Totenglöckchen. Es schweigt noch.

Die Baumwipfel nehmen Konturen an. Dunkel und still säumen die Edeltannen den breiten Weg.

Über mir beginnen die Birkenblätter zu wispern. Ein Vogel singt betäubend laut gegen die Ruhe rings um mich an. Eine Amsel. Sie sitzt auf dem Blechrand der Wassertonne. Ihre Unbekümmertheit ist unerträglich.

Ja, schon immer wollte ich die Einsamkeit, weil ich ein mutloser Mensch bin. Ein flattriges, zittriges Oval, so liege ich auf der Bank. Oh, ich hasse mich, ich ekle mich an, und wie es mich friert. Da liege ich nun, der Naumann, als ein hässlicher, gelber Klecks auf einer Friedhofsbank. Ich bin mir selber leid.

Die Sonne in meinem Bauch wird kleiner und kleiner. Sie ist eine grellweiße, linsengroße Scheibe und verbraucht sich sehr schnell. Ich brauche zwei Sonnen, um mich zu wärmen. Die Menschen und die Natur – eine Doppelsonne, aber ich konzentriere mich auf das Medikament in der Hosentasche, spüre es an den Fingern kleben und bin froh darüber. Vor den dunkelgrünen Bäumen sehe ich meine verkrampfte Hand auf mich zuschweben. Ein Dragee bleibt an meiner Unterlippe hängen, das andere fällt in den Mund. Ich würge und schlucke und quäle das Medikament hinunter.

Meine Finger muss ich wärmen. Ich schiebe sie unter den Hosenbund. Ich möchte Lebensmut spielen, doch es gelingt mir nicht. Der Amsel kann ich nicht folgen. Meine Finger sind steif. Meinen gekrümmten Rücken möchte ich gerade biegen, doch es geht nicht. Ich vergaß es fast, ich bin ja aus Eis. In mir würde es splittern. In mir ist es so kalt geworden wie in einem Menschen, der kein Herz mehr für sich hat.

Ach, ich wollte, ich wäre nie geboren. Mit einem Messer haben sie mich geholt und in die Welt geworfen. Nie mehr diese Wärme. Schön muss es gewesen sein, die milde Dunkelheit und das sanfte Schweben in meiner Mutter. Sie haben mich alle betrogen. Der Welt haben sie mich ausgeliefert. Lieblos und kalt waren sie alle zu mir. Verräterisch machte sie sich davon, als ich ihre Hilfe brauchte. Sie waren die Großen und ich war der Kleine. Mir hatte keiner Glück gebracht, und ich habe niemandem Glück gebracht.

Jeder hat seinen Traum fürs ganze Leben, Peter, ich habe keinen. Ich denke, sie lügen alle. Ich habe immer gegrübelt und die Welt im Innersten gehasst, weil sie so unfertig und so unzulänglich war. Mir haben andere nur das erzählt, was ihnen selber am besten half – doch was half es mir? Sie haben mich nur gebraucht, um sich voreinander groß zu tun. Sollen sie doch zusehen, wie sie ohne mich zurechtkommen.

Die Weiber, die egoistischen Weiber sind schuld. Es wird hell. Der Friedhof lebt. Vögel singen. In den Büschen knackt es. Ein Tier? Es kommt. Das Vieh windet sich durch meine Brust. Ich bin irre – endlich! Irrsinn – Irresein …

Aus. Großes Aus. Aus damit. Am Ende – hier am Ende – ich am Ende …

Tränen lösen meine verklebten Augenlider. Ich will das nicht mehr. Himmel, ich lebe noch. Mein Atem, ich atme. Mein Herz schlägt nicht mehr – schlägt wieder. Schlägt nicht, schlägt doch. In meinem Gehirn steht jemand, klatscht in die Hände, klatscht rasenden Beifall. Jetzt explodiert mein Hirn und spritzt aus den Ohren und aus dem Mund heraus. Ich bin so weit weg von mir. Meine Hand kratzt die Brust – ich bin ganz nahe. Ich hätte doch sterben müssen … Jetzt sterbe ich, schlafe ich, sterbe, schlafe … Mein Bauch ist schwach – unsagbar schlaff. Der Bauch möchte aus meiner Hüfte herauskippen. Meine Arme, sie klemmen zwischen meinen Oberschenkeln. Mein Herz zirpt aufgeregt und schnell. Zittrige Landschaften drücken grün-gelb gegen meine Augen. Nein, meine Augen brauche ich nicht zu öffnen. Ich will hier bleiben – bei mir. Entweder ich falle in das Nichts oder ich halte mich an mir fest. Trinken oder trocken sein. Sterben oder leben. Besser, ich entscheide mich für das …

CREDO

Die Verzweifelung und die Angst, sie lebten mich. Der Entzug schrie in mir nach Schnaps. Denke ich an mein damaliges Leben, dann will sich mein Gesicht vor Ekel und Selbsthass entbeinen. Eine Marionette aus Knochen strampelte und feixte in mir.

Ich hielt es nicht mehr aus in mir. Mein tränenreiches Selbstmitleid, meine angestauten Schuldgefühle, mein uferloser Irrsinn und meine angestaute Wut. Alles arbeitete in mir eisig und kristallklar. Ich hatte das EISGEHIRN. Ich bekämpfte mich, um trinken zu können. Wie sehr ich litt, das sah und erlebte ich jeden Tag in meinen trinkblutigen Augen, in meinem aufgelösten Gesicht, an meiner ganzen Körperhaltung, an meiner Unterwürfigkeit, an meiner Speichelleckerei und an meinem aufgeblähten Ich, wie es seine Rollen spielte, und dennoch schrie alles in mir nach Wahrheit und nach Wirklichkeit.

Ich musste meine Vorstellung vom Glück in mir vernichten, denn sie hätte mich umgebracht. Mein Körper hatte schon längst kapituliert, er ergab sich schon, doch ich bekam es nicht satt, dem Terror meines verkommenen Verstandes zu folgen.

Da wollte mein Körper das Ende durch seinen Tod, und ich begriff, dass ich und das Universum ein Ganzes bilden. Ich belog und betrog mich von dieser Stunde an nicht mehr um mein einziges Leben. So begann ich meinen unseligen Verstand zu bewachen, der Wohlbefinden durch Vergiftung und Selbstbetrug heuchelte. Die Entdeckung meiner selbst wurde mein erstes Glück. Später entdeckte ich die anderen Menschen.

Ich habe auch heute noch das Gesicht des süchtigen Menschen. Die totalste aller Krankheiten hat mich fest im Griff. Doch ich habe Angst um mich bekommen, mitleidende Angst. Liebe dich, riet mir die Angst, und liebe deinen Nächsten, riet mir mein Erbarmen. Das Nüchternwerden im Verstand war ein schwerer Weg, und doch ist es besser, diesen Weg zu gehen, als einer Vorstellung vom Glück zu folgen, die nur ein verlogenes oder gut gemeintes Versprechen anderer Menschen ist. Ich habe mir immer Bilder gemacht. Ein Bild von mir. Alles, was mir nicht ins Bild passte, habe ich hingebogen. Ich wollte in den Augen anderer Menschen stimmen, egal, wie ich mich fühlte. Ich tat dann so. Damit waren alle zufrieden. Was mir nicht ins Bild passte, gab es für mich nicht, weil ich es als belastend empfand. Keine Stimme hat mir zugerufen: Liebe auch dich!

Ich bin heute ein todkranker Mann, aber ich kann jeden Tag zwischen einer tatsächlichen Nüchternheit wählen, die mich beglückt, oder ich wähle eine würdelose Verlogenheit für den Tag, der mich krepieren lassen könnte.

Michael Naumann

Samurai III, 2000, Radierung, 40 x 30

Impressum

 www.projekte-verlag.de

Ausgabe 2015 mit Grafiken von Madeleine Heublein
ISBN 978-3-946169-00-0 Preis 19,50 Euro